KB189802

어른의
행복은
조용하다

어른의
행복은
조용하다

글 태수

삶에 지치면
평범함도 꿈이 된다

꿈이 뭐냐는 낯간지러운 질문으로 이야기를 시작하고 싶다.

난 축구 선수. 난 만화가. 난 아나운서. 나는… 건물주. 10대부터 20대까지는 그래도 꿈이란 것이 존재했다. 심지어 그 안에는 어딘가 말랑말랑한 감정이 숨어 있어 듣는 이까지 기분 좋게 만드는 특성이 있었다.

그랬던 내가 벌써 마흔을 바라보고 있다. 이제 와 누군가 꿈이 뭐냐 다시 묻는다면 조용히 답하고 싶다. "그냥 남들처럼 평범하게 살고 싶어." 정말이었다. 삶에 지치면 평범함도 꿈이 되었다.

그런데 이 '평범함'이란 놈이 참 애매했다. 어떤 날에는 배달비 신경 쓰지 않고 갈비찜을 주문하는 것처럼 도달 가능한 영역으로 보였다가 또 어떤 순간에는 1년에 한두 번쯤 해외여행을 가는 화목한 4인 가정처럼 아득히 달아났다.

평범함이 꿈인 것은 분명 사실인데, 시간이 지나도 도통 알 수가 없었다. 평범함이란 게 도대체 뭘까.

탤런트 홍진경 씨는 행복이 뭐냐는 질문에 이렇게 답했다고 한다. "자려고 누웠을 때 마음에 걸리는 게 없는 것." 나는 그게 내가 갖고 싶던 평범함의 정체라고 생각했다. 고민과 걱정이 배제된 사소한 평일. 비교도 열등감도 질투도 분노도 혐오도 걱정도 고민도 불안도 없는 안

전한 하루를 살아냈을 때, 나는 비로소 평범히 잘 살아냈다 안도할 수 있었다.

그래서 어른이 된 나의 목표는, 아니 꿈은 행복해지는 것이 아니다. 불행해지지 않는 것이다. 아프지 않고 매일을 별 탈 없이 마무리할 수 있길 바란다. "오늘 저녁은 뭘 먹지?"라는 사소한 고민에 시간을 충분히 써도 괜찮은 지금이, 조금 더 지속되길 바란다. 행복이 더 많아진 삶이 아니라 불행이 더 줄어든 삶이다.

그렇기에 미안하지만 앞으로 시작될 이야기 역시 행복을 찾아가는 낭만적인 여정이 되진 않을 것이다. 오히려 매일 찾아오는 불행을 아득바득 수비해내는 꽤나 현실적이고도 세속적인, 낭만 없는 분투기가 될 것이다.

이 책을 읽어도 인생이 좋아지진 않을 것이다. 그저 내 인생도 나쁘진 않다는 뜻밖의 진실만을 가져갈 수 있을 뿐이다. 그런데 "나쁘진 않네"라는 마음도 매일같이 가질 수 있다면 그거야말로 정말로 좋은 인생이 아닐까.

하이라이트가 넘치진 않아도, 무편집된 인생마저 웃으며 볼 수 있는 그런 인생 말이다.

당신에게도 그런 삶이 찾아오길 바라며
이제 이야기를 시작해보려 한다.

2024년 가을

태수

차례

제1장

다정함은 체력에서 나온다

제2장

잘 자는 것도 능력이야

똑똑한 우울증보단 행복한 바보로 살래

제4장

어른의 행복은 조용하다

다정함은 체력에서 나온다

다정함은
체력에서 나온다

"데리러 갈까?"라는 생각이 드는 날이면 어김없이 체력이 괜찮은 날이었다.

전날 달디단 잠을 잤거나 별다른 문제도 없이 하루가 흘러가 감정적으로든 육체적으로든 체력이 넘치는 날. 그런 날이면 약속을 끝낸 아내를 데리러 가야겠다는 생각이 절로 들었다.

"어쩐 일이야?" 아내는 반색하며 물었다. "어… 보고 싶어서." 그냥 그렇게 답했다.

"집에만 있으니 좀이 쑤셔서"라고 말할 만큼 나도 바보는 아니다.

삶이 고단하지 않은 날, 나는 다정한 사람이었다. 시키지 않아도 알아서 척척 김치찌개를 끓이는 남편이었고 평소 같으면 쳐다도 안 볼 〈나는 솔로〉도 같이 보며 잘도 조잘거렸다. 그러나 삶이 약간만 삐끗해도 내 다정함은 길을 잃었다. 대답하는 것 자체가 힘이 들어 무슨 질문이든 건조하게 답하는 날이 많았다.

"나도 몰라." "그냥 알아서 하면 안 될까?" 나는 이미 모든 체력을 밖에서 소진하고 돌아와 더 이상 내 사람들에게 쏟을 에너지가 없었다.

다정함은 체력에서 나온다. 달달한 사랑이나 찐한 우정

도 결국 다 건강해야만 가능했다. 당장이라도 쓰러질 것 같은 사람에겐 부모도 부부도, 결국은 남이다.

어쩌면 그래서 혼자가 좋다는 사람이 갈수록 많아지는 것일지도 모르겠다. 혼자만 될 수 있으면 이 모든 귀찮음과 짜증, 쓸모없는 대화에서 벗어나 자유를 만끽할 수 있을 것이라 생각하니까. 그러나 알다시피 사람은 혼자 살 수 없다.

"뭐해?" 지친 마음이 슬쩍 회복되는 순간 나는 언제 그랬냐는 듯 다시 사람을 찾았다. 실망한 아내에게 조용히 말을 걸었고 오래된 친구들에게도 잘 지내냐는 안부를 물었다. 혼자가 좋다는 말은 사실 '잠시 숨 돌릴 시간 좀 줘'라는 말의 다른 표현이었을 뿐, 나는 영원히 혼자가 되고 싶진 않았다. 그저 내 사람들에게 보내야 할 다정함이란 의무에서 잠시 피신하고 싶었을 뿐이다. 비겁했다.

그래서 나는 운동을 하기로 했다. 다정함의 총량을 늘리기 위해 플랭크를 하고 집 앞을 뛰어다니기로 했다. 멋진 몸은 애당초 기대도 하지 않는다. 다만 조금이라도 단단해진 마음만은 원한다. 피곤에 찌든 날 집에 돌아가도 서로를 환영하고, 환영받을 수 있는 당연한 수준의 다정함은 갖고 싶다.

근육의 크기만큼 다정함의 크기도 커질 것이다. 단단해진 복근과 허벅지는 말랑해진 내 마음도 다시 견고하게 고쳐놓을 것이다. 그래서 오늘도, 내일도 플랭크를 하며 아내에게 물을 것이다.

"오늘 데리러 갈까?"

내 다정함의 크기는
오늘 내가 버텨낸 1초의 시간만큼 더 커졌을 것이다.

그만두는 것도 용기,
그만두지 않는 것도 용기

요즘 것들은 좀만 힘들어도 퇴사.

　3년 전 J는 그 말에 반박할 논리를 찾지 못했다. 조금만 힘들어도 징징이라니. 참나. 너무 내 이야기 아닌가. J는 회사를 그만둘 수 없었다. 아니, 오히려 1년의 시간을 더 투자해 보다 괜찮은 성과와 동료들의 신뢰, 그리고 정신과 진단서를 얻었다.

"혹시 잠은 제대로 주무시나요?"

견디다 못해 찾아간 정신과에서 받은 의례적인 질문에 J는 그만 울음이 나와버렸다. 물론 J를 걱정해준 주변 지인들도 많았다. 동료도 친구도 가족도 J를 위해 시간을 냈고 살뜰한 위로도 놓치지 않고 건넸다. 다만 방향이 좀 묘했다.

"힘든 건 아는데 여태까지 한 게 아깝지 않아?" "어렵게 들어간 곳이잖아. 좀만 더 버텨봐." 사람들이 걱정하는 건 J의 '생활'이 아닌, J의 '사회생활'이었다.

잠은 잘 자냐는 한 마디에 속절없이 무너진 이유도 거기에 있었다. J 자신조차 자신의 생활을 걱정해준 적이 없었기 때문이다. 왜 그랬을까. 아마 모두가 비슷한 마음에서 출발하지 않았을까. 사회생활과 달리 내 생활은 돈이 안 되기 때문이다. 오히려 쓰면 쓰지.

논리적인 접근이었다. 내 생활은 하면 할수록 돈과 시간이 차감되는 구조였기에 J는 그것을 최대한 나중으로 미룰 수밖에 없다. 성적, 학벌, 평판, 직급, 연봉, 연차, 성과. 오늘도 내 세상에는 중요한 게 넘치는데 시간은 없고, 할 건 많았다. 그런 세상에서 나를 가장 먼저 포기하는 것은 어찌 보면 가장 속 편하고 효율적인 일이었을 것이다. 그러나 사람은 로봇과는 달라 오로지 효율만으로는 윤택하게 작동하지 않았다.

고장 난 마음은 시간이라는 만병통치약으로도 쉽게 고쳐지지 않았다. J도 마찬가지였다. J가 다시 방문 밖으로 나온 것은 만 2년이라는 시간이 지난 뒤였다. 거기서 회사 정문으로 향하기까지는 또 한 번의 2년이 필요했다. J의 청춘은 이미 꽤 흘러가 있었다. 효율이라 부르기엔 지나치게 고연비의 시간이었다.

멈춤과 지속. 둘 중 무엇이 더 맞는 일인지는 여전히

잘 모르겠다. 오래된 유행어처럼 그때그때 다르겠지.

그래도 노곤한 퇴근길에 이 글을 볼 당신과, 열심히 공부하다 잠시 이 책을 편 당신에게 이 질문만은 돌려주고 싶다.

"요새 잠은 잘 자나요?"
"밥은 체하지 않고 잘 먹어요?"

멋진 사회생활을 위해 너무 많은 내 생활을 포기하며 살지는 않길 바랄 뿐이다.

섬세한 사람일수록
번아웃이 자주 온다

섬세하다는 건 남들보다 서너 배쯤 큰 감정 안테나를 갖고 사는 것과 같다.

　겨울 냄새, 봄 냄새와 같은 계절의 향을 느낄 수 있는 삶을 말하며 간만에 본 부모님의 약해짐도 눈치 좋게 알아채는 기특함을 말한다. 그래서 이들은 언제 어디서나 공감의 선봉대장 역할을 한다.

친구들의 무너짐에 울고 위로하는 건 이들이 가장 잘하는 일이다. 가족들의 안 좋은 감정 역시 모두 이들의 차지다. 회사에서도 학교에서도 마찬가지다. 이들은 문제 자체에 대한 민감성이 아주 높기에 친구와 가족과 회사와 학교에 문제가 생길 때마다 가장 앞서 반응한다. 물론 해결하고 싶어서가 아니라, 해결하지 않고서는 마음이 불편해서 살 수가 없어서. 그러나 슬프게도 자기 자신에 대한 문제만큼은 어디서도 드러내지 않는다. 절대.

타인의 걱정 어린 물음에 이들은 언제나 솜씨 좋게 답한다. "난 괜찮아. :)" 타인의 감정을 대신 책임지는 것이 얼마나 지치는 일인지 잘 알기에 내 감정만큼은 누구에게도 쉽게 넘겨주지 않는다. 그래서 자신의 상처만은 언제나 뒷전이다. 마치 밀린 설거지 중 맨 아래 위치한 그릇처럼 내 마음만은 씻어내지 못한 채 매번 그대로다. 이들이 자주 번아웃되는 이유다.

독일어에는 '치타델레(Zitadelle)'라는 말이 있다. 요새

안의 독립된 작은 보루라는 뜻으로 아무도 모르는 나만의 작은 방을 의미한다. 나는 섬세한 사람들에게 가장 필요한 것이 치타델레라고 생각한다. 챙겨야 할 것, 챙겨야 할 사람, 챙겨야 할 모든 감정들에서 벗어나 오직 나 자신만이 남겨진 시간과 공간이 이들에게는 필요하다. 돌볼 사람이 아무도 없는 그 고립된 공간 속에서만 남들에게 수도 없이 제공했던 말을 자신에게 돌려줄 것이기 때문이다.

  "너 괜찮아?"

  그간 친구 같은 자식, 무엇이든 털어놓고 싶은 친구, 알아서 잘하는 직장인이 되느라 정작 나에게는 아무것도 되어주지 않았을 것이다. 그러니 '이제부터라도 나만 생각해!'라는 말을 하고 싶지는 않다. 어차피 잘될 것 같지도 않고.
  그냥 지금처럼 살아라. 그렇게 살되 어떤 감정조차 책

임질 수 없을 만큼 힘든 날, 마음속이 온통 타인의 감정으로 가득해 당장이라도 터져버릴 것 같은 그런 날. 부러 나밖에 없는 공간으로 도망가자. 그 조용한 공간에서 자신에게도 이렇게 말할 기회를 주자.

"나 안 괜찮아." 가끔은 남에게 줬던 섬세함을 나에게도 허락하자.

포기가 습관이 되면 포기하지 않아도 되는 것까지 포기하게 된다. 자신이다.

나는 가끔 너에게
이유 없는 칭찬을 주고 싶다

2008년, 고대하던 대학에 붙었을 때 방문을 젖히고 외쳤다. "할머니, 나 합격이래!"

공돌이 출신 장씨 집안에서 처음으로 태어난 대학생이라니. 거한 환대는 아니어도 찐한 포옹 정도는 기대했다. 한데 웬걸. 할머니는 생각보다 훨씬 더 성마른 표정으로 말했다. "잘했네." 감정 한 방울 섞이지 않은 그 빼짝 마른 반응에 나는 너무 놀라 그대로 방문을 닫고 생각했다.

　'…별일 아닌 건가?'

　회사에 합격했을 때도 그랬다. 나름 건실한 간판의 회
사였으나 가족들은 또 한 번 꽉 짠 무말랭이처럼 물기 없
이 내 합격을 응대했다. 에라이, 모르겠다. 그래 나 하나
취업한 게 뭔 대수겠냐. 나는 더 이상 서운해하는 것도
지쳐 그냥 기대하지 않는 쪽으로 마음을 틀었다. 당황한
인사 담당자는 물었다.
　"혹시, 안 기쁘세요?" 기뻤다. 분명 기쁘긴 기쁜데…
이젠 좀 헷갈렸다. 이게 환호할 만한 일인 건가. 맞다면
얼마나 환호해야 하냐고 물을 수도 없는 노릇 아닌가. 그
냥 연기를 하기로 했다. "아뇨, 정말 기쁩니다. 예, 예. 너
무 좋죠!" 건조는 그렇게 전염됐다.

　이게 꼭 나만의 일은 아니라고 생각한다. 올림픽에서

은메달을 수상한 선수들의 소감만 들어도 알 수 있지 않나. "응원해주신 국민들께 더 좋은 모습 보여드리지 못해 죄송합니다." 우린 비판에는 과하게 관대하고 칭찬에는 유독 인색하다.

그래서 뭘 해도 덤덤하다. 대학이든 회사든 업무든 결혼이든. 심지어 올림픽 금메달이든. 그게 무엇이 되었든 간에 해내는 게 당연한 것이 되었다. 기쁘기보단 안도감이 더 먼저 찾아왔다. 슬픈 일이었다.

초등학생 시절 우리 반 담임 선생님은 달리기 시합에서 3등 안에 들지 못해도 '참 잘했어요' 도장을 찍어주셨다. 정말 잘했다고, 끝까지 온 걸 축하한다고 진심으로 기뻐해주셨다. 달리기가 빨랐던 내 입장에서야 스포트라이트를 뺏긴 것 같아 짜증이 났지만 이제는 그 의미를 이해한다.

세상일이란 게 축하를 받으면 작은 일도 기쁜 일이 된

다. 반대로 축하받지 못하면 대단한 일도 당연한 일이
되고.

그래서 우린 서로의 성공에 좀 더 자주 축하할 줄 아는
여유를 가져야 한다. 비록 진심으로 우러나진 않더라도
소중한 사람에게만큼은 큰 박수를 보낼 줄도 알아야 한
다. 축하라는 건 꼭 마라톤 결승라인과 같아서 축하받지
못한 레이스는 결코 끝나지 않기 때문이다.

'여기가 끝이 아닌 건가?' '아직 많이 남은 건가?' 조용
한 완주는 멈출 자격에 대한 의문을 제기하게 한다. 숨
돌릴 자격마저 빼앗아간다. 자만할지도 모른다는 이유
로 삼가기에는 너무 심각한 피해다.

그러니 누군가를 정말로 깊이 생각한다면 그의 고생
에 진심으로 성대한 축하를 보내주자. 자만할지도 모른
다는 걱정일랑 고이고이 접어 비행기로 날리고, 열심히
뛰어온 나와 내 사람들에게 자주 말해주자.

"고생했다." "나는 네가 정말 자랑스러워."

　폭죽이 커질수록 느는 것은 의외로 즐거움밖에 없을
테니까.
　모두가 즐겁게 완주했던 그날의 운동회처럼.

트럼프가 총에 맞았을 때
나는 내 주식이 가장 먼저 걱정됐다

2024년 7월 13일, 트럼프가 총에 맞았다.

20대 범인이 쏜 여섯 발의 총알 중 한 발이 트럼프의 오른쪽 귀를 관통했고 현장은 즉시 아수라장이 되었다. 범인은 그 자리에서 즉결 사살 처리되었다. 전 세계 최강대국 대선 후보의 암살 미수 사건. 쏟아지는 속보에 나는 슬슬 걱정이 되기 시작했다.

"잠깐만, 그럼 내 주식은?"

　우크라이나 전쟁 때도 그랬다. 코로나 때도 다르지 않았다. 각종 대형 인재가 일어날 때마다 나는 인명보다는 일단 내 주식이 더 먼저 걱정됐다. 주식, 그러니까 돈은 내 인생에서 너무 많은 부분을 차지했다. 너무 강한 빛깔로 빛나 다른 모든 걸 다 어둡게 만들었다. 추측건대 이런 결론 때문이었을 것이다.

"야, 행복도 돈으로 살 수 있는 거야."

　실제로 그랬다. 명절날 부모님께 두둑한 용돈을 드리는 것은 뿌듯한 경험이었다. 조카의 돌반지를 턱 하고 구매했을 때는 진심으로 즐거웠다. 아내가 갖고 싶어 했던 목걸이를 생일 선물로 사줬을 때는, 정말이지 스스로가 꽤 자랑스러웠다.
　돈으로 행복을 살 수 있다는 건 실화였다. 적어도 내

인생에서만큼은. 다만 이 한 가지 의문만큼은 끝끝내 풀리지 않았다. '그래서 행복이 얼만데?'

　행복에도 가격표가 필요하다. 막연히 로또 1등 한 장 값은 있어야지라는 상상은 너무 폭력적이지 않은가. 그럼 나는 평생 행복할 수 없을 것이다. 행복을 구매하기 위해서라도 내겐 좀 더 현실적인 숫자가 필요했다.

　책을 좋아하니 한 달에 책 살 돈 3만 원 정도는 필요할 것이다. 매주 장 볼 돈 10만 원 역시 필요하고. 고양이 간식, 아내와의 영화 한 편, 할머니에게 드릴 용돈 등등. 나를 즐겁게 하는 순간들을 고르고 골라 가격표를 매겨보니 계산대 점원이 말했다. "이번 달 행복값은 총 180만 원이네요. :)"

　…180억 아니고요?!

　행복은 마법의 성이 아니라 에어컨을 틀고 맞이하는

여름날의 낮잠이야. 나는 이 이야기를 무척 좋아한다. 마법의 성을 매수하는 데는 얼마가 드는지 알 수 없지만 여름날의 낮잠을 구매하는 데는 전기세 약 650원 정도가 들 것이기 때문이다. 속물 같지만 이런 종류의 계산이 나는 더 좋다. 자본주의 시대답게 숫자로 찍어 눌러야 행복에도 현실감이 생기니까. 결국 돌고 돌아 행복은 숫자였다. 그것도 꽤 가져볼 만한 숫자.

행복에는 꿈이 없어야 한다. 목표도 필요 없고 다짐도 과하다. 정말로 행복하기 위해서 우린 한 달에 한 번쯤 공과금 액수를 묻듯 스스로에게 이런 질문을 해야 한다.

"2025년 1월, 이번 달의 행복 값은 얼마지?"

얼마가 나올지는 모르지만 한 가지는 분명하다.

행복은 돈으로 살 수 있다. 그것도 생각보다 싸게.

행복은 미루고 미룰 만큼 비싸지 않았다.

살아남았다는 건
강하다는 것

부끄럽지만 나는 아빠가 참 못난 사람이라고 생각
했다.

 아빠는 밥보다 술을 더 좋아했던 사람으로 술 없이는
삼시 세끼를 먹지 못하는 술고래였다. 하지만 아무리 술
이 좋기로서니. 수능 전날 자고 있던 아들의 방문을 열
고 술 냄새 가득한 입으로 노래를 부를 줄은 꿈에도 몰랐
다. 아마 그때쯤 확신했던 것 같다.

"나는 아빠처럼 살지 않겠다"고.

아빠는 일찍부터 동네 친구들을 잃었다. 환갑이 넘은
지금까지 살아남은 것이 오직 덕팔이 아저씨 하나로, 아
빠의 불알친구 중 대부분은 불혹이 채 되기도 전에 이승
을 졸업했다. 물론 그 이유조차 술 때문이었다는 건 공공
연한 비밀이었지만. 그래서 아빠는 힘든 날이면 유독 더
과음을 했다.

IMF로 잘나가던 사업이 망했을 때, 할아버지의 임종
을 지키지 못했을 때, 딸의 결혼식에 자신이 해줄 수 있
는 것이 얼마 없다는 것을 알게 되었을 때. 아빠는 술을
더 많이 마셨다. 술은 말없이 아빠를 위로해주는 유일한
존재였다.

그 꼴을 무려 35년이나 본 나는 솔직히 내가 아빠보다
더 잘 살 수 있을 거라 생각했다. 그런데 안 됐다. 아빠는
나와 비슷한 나이에 결혼을 했음에도 집안의 별 도움도

없이 지금의 나보다 훨씬 더 큰 집을 구했다. 그것도 모자라 아이 두 명을 너끈히 키워내는 기염까지 토했다. 나는 자식 한 명 없는 지금의 삶도 버거운데. 아빠는 가장이라는 단어의 무게에 걸맞은 듬직한 삶을 살아냈다.

그렇기에 서른다섯, 나는 약 25년을 돌고 돌아 다시금 알게 된 것이다. 아빠는 슈퍼맨이었다. 여전히.

소년의 인생은 즐겁다. 청년의 인생은 힘겹고 아빠의 인생은 무겁다. 내 인생이 제일 힘겹다고 생각한 시절을 지나 누군가의 아빠가 되려 하는 지금, 우리 아빠가 얼마나 대단한 사람이었는지 나는 새삼 다시 알게 되었다.

하루하루가 고되다. 나 하나 책임지기도 힘든 이 세상에서 나를 넘어 아내와 자식, 그리고 양가 부모님까지 책임져야 하는 이 인생을 아빠만큼 살아낼 자신이 도저히 없다. 그렇다.

살아남았다는 건 강하다는 뜻이었다.

이 멜랑꼴리한 기분을 도저히 그냥 둘 수 없었다. 아빠에게 전화를 걸어 대뜸 말했다. "아빠! 이제 술 좀 그만 마셔." 속마음을 힘껏 숨긴 아들의 걱정에 아빠는 "술 없으면 누구랑 노냐." 하고 통박을 놓았다. 통화는 그 뒤로도 5분간 이어졌다. 옥신각신. 여느 때처럼 치고받다 급조용해진 틈을 타 이 말만을 남긴 채 전화를 끊었다.

"아빠,

고마워."

인생은 버티는 것만으로도 대단했다는 걸 너무 늦게 깨달았다.

도망치지 않는 것도
능력이야

요즘은 하늘이 까말 때 출근해 하늘이 까말 때 퇴근한다.

　어제와 오늘의 차이가 희미해져 '어제가 진짜 어제인
가.' 멈춰 서 생각해보지만 잘 모르겠다. 시간 아까우니
일단은 또 앞으로 걷는다. 힘들다는 느낌은 남아 있다.
피곤하다는 생각도 있고, 조금이지만 그만두고 싶다는
감각도 있다.

인스타그램에서 '200충, 300충'이라는 단어를 봤다. 한 달에 고작 200만 원, 300만 원 버는 벌레… 가슴이 꽉 차는 답답함에 문득 옆을 돌아봤다. 지하철 광고판에 걸린 연예인이 보였다.

나도 저런 삶을 살고 싶었다. 생일이라는 이유로 축하해주는 팬이 있고 방송에 나오는 것만으로도 갈채를 받는 그런 유형의 인간이 되어보고 싶었다. 쨍한 스포트라이트를 받고 싶었는데, 남은 건 흐리멍덩한 모니터 불빛뿐이었다.

'그런데 모니터 불빛에서도 비타민 D가 나올까? 빛은 빛이지만 아무래도 햇빛이 아니라 LED이니 좀 무리려나?' 혼자 생각하다 미친놈, 하고 짐을 싼다.

집으로 돌아오는 길, 막연히 이런 생각을 했다. 누가 나 좀 위로해주면 좋겠는데. 누가 있을까 머릿속을 헤매봤지만 참, 아무도 없지. 그렇다면 나라도 해줘야겠다.

해서 낯간지럽겠지만 이제부터 나올 내용은 내가 나에게 해주는 위로의 말이다.

"삶에서 도망치지 않는 것이 얼마나 대단한 건지 넌 모르지.

앉을 자리가 없는 역에서 매일 출근하는 것과 간신히 생긴 자리를 할머니에게 양보해드리는 것. 상사가 튀긴 끈적한 침도 매일 새것처럼 세수하고 털고 일어나 게으름 피우지 않고 모니터를 켜고, 신발 끈을 묶고 출근 도장을 찍는 그 삶이 사실 얼마나 굉장한 인생인지 넌 모를 거야.

인생의 의미를 잃어도, 누군가의 성공에 까무룩 자존감이 무너져도 꿋꿋이 일어나 제자리로 향하는 너를 응원해.

도망치지 않는 것도 능력이야.

빌어먹을 인생에 정직하게 부딪히는 너도, 충분히 대단한 사람이야."

나는 내 인생보다
아이돌을 응원해

지난달 좋아하는 가수의 컴백을 기다리며 진심으로 그
가 잘되길 응원했다.

　닳도록 시청한 뮤직비디오를 또 음소거로 돌려놓고
출연한 예능들을 속속들이 찾아보고. 한 사흘째 그렇게
몰입하며 응원했나. 뜬금없이 이런 생각이 들었다.

　'근데 나는 연예인한테 한 것만큼 내 인생을 응원해준

적이 있나?'

　고백하자면 내 인생 가장 큰 안티는 나였다. "와, 이 상황에 잠이 온다고?" 실수하기만 기다리는 비판자이자, "네 주제에 뭘 한다고?" 지치지 않는 자존감 헌터였다. 나는 어처구니없게도 내가 실패하지 않길 바란다는 이유로 나를 끌어내렸다. 그게 내가 나를 응원하는 방식이었다. 안티 팬도 팬이라 할 수 있다면 나는 꽤 유능한 나의 팬이었다.

　그래서 그들이 부러웠다. 실패해도 아니, 포기하지 않았다는 이유만으로도 존경과 사랑을 받을 수 있다니. 내가 응원하면서도 나도 저런 사랑을 받아보고 싶다는 생각을 자주 했다. 사람의 자존감은 성공보다도 실패를 존중받을 수 있을 때 차오른다고 하는데. 그 정도로 많고 깊은 사랑을 받으면 웬만해선 기별도 없는 내 자존감조차 든든히 채워줄 수 있을 것 같았다.

거기까지 이르니 나에게 미안해졌다. 나는 단 한 번도 내 실패를 존중해준 적이 없었다. 앞장서서 침이나 뱉지 않았으면 다행이다.

나는 내가 정말로 잘됐으면 했다. 아이돌만큼이나 연예인들만큼이나 성공하고 사랑받는 존재가 되길 진심으로 바랐다. 그런데 그래서 더 실패에 민감하게 반응했다. 타인의 성공에 축포만 날리고 있는 내 모습이 꼴 같지가 않아서 나를 더 채찍질하고 비난했다.

나는 진심으로 성공한 삶을 살고 싶어서, 절대로 실패하면 안 되는 삶을 요구했다. 내가 정말로 되어야 했던 건 실패해도 괜찮은 존재였는데. 그땐 그걸 몰랐다.

앞으로도 성공보다는 실패가 더 많은 인생을 살 것이다. 백이면 백, 스스로가 한심해지는 순간은 알람처럼 엄습할 것이고 내가 좋아지는 순간은 휴일처럼 짧고 간헐적일 것이다. 그래도, 그래도. 그 수많은 실패 앞에서 스스로를 꾸짖기만 하는 사람이 되진 않을 것이다.

수많은 팬이 있는 사람은 못 되어도

나라는 편을 가진 사람은 될 것이다.

성공하는 삶 이전에 실패해도 괜찮은 삶을 살 것이다.

우린 그렇게 많은 것을 미워할
능력이 없다

바야흐로 대 혐오 시대다.

　누군가를 조롱하고 내려 치는 게 당연해진 사회. 도대체 월급 200만 원, 300만 원 버는 것이 왜 조롱당해야 하는 걸까. 무신사 랭킹 상위권에 있는 옷을 사 입는 것은 또 왜 비웃음을 당해야 하는 건지.
　혐오는 어그로가 끌리니까? 조회수와 돈이 터져서? 맞는 말이다. 분명 혐오는 돈도 되고 어그로도 잘 끌린다.

그런데 본원적인 이유는 따로 있다. 자존감. 그렇다. 지겹지만 또 자존감 얘기다. 다만 조금은 다른.

포털사이트 국어사전에 자존감을 검색하면 이런 뜻이 나온다. '자신이 사랑받을 만한 가치가 있는 존재라는 믿음.' 풀이에서 알 수 있듯 자존감에서 의외로 중요한 건 남이다. 자신이 사랑받을 만한 가치가 있냐 없냐는 안타깝게도 타인의 평가를 통해 완성되기 때문이다. 하지만 알다시피 우리 사회는 타인의 사랑을 받기 위한 난도가 S랭크인 곳이다.

다시 말해 누구든 나를 우쭈쭈 하며 올려줘야 차오르는 것이 자존감의 실제 모습인데, 아무도 그래주지 않으니 답은 한 가지인 것이다. 남을 내려 치는 것.

슬프지만 이게 나 하나 건사하기도 벅찬 이 시대에 나이, 성별, 세대를 넘어 남의 옷과 연봉, 말투와 같은 습관까지 내려 치는 이유다. 남을 내려 친다는 건 반대로 내 위치가 올라간다는 뜻이기도 하니까.

때때로 맘씨 좋은 어른들은 '남의 눈을 신경 쓰지 마세요' '당신은 당신 그 자체로 멋져요'라는 위로를 들려주기도 하지만 요즘 우리에겐 좀 더 현실적인 주문이 필요하다.

'우리 서로를 그냥 좀 내버려두자.'

사람을 미워하는 데도 체력이 든다. 시간도 들고 감정도 들며 때때로 큰돈도 든다. 모두 이득 없이 낭비하기엔 너무도 소중한 가치들이다. 그 가치들을 지키기 위해서라도 우린 서로를 좀 더 내버려둬야 한다. 사랑은 아니어도 "넌 그렇구나" 정도의 건조한 존중은 보내줘야 한다. 또 모른다. 혐오가 혐오를 부르듯 존중이 존중을 불러올지도.

혹 그럼에도 마음속 혐오가 사라지지 않는다면 생각

해보자. 도대체 이 혐오는 어디서 온 것일까? 정말 내 안에서 왔을까? 아니면 돈과 관심이 절실한 미디어나 SNS에서 온 것은 아닐까? 한번 곰곰이 생각해보자.

우린 그렇게 많은 것을 미워할 능력 없이 태어났다.

기분이
성격이 되지 않게

출근길, 미안하다는 인사도 없이 어깨를 치고 가는 할아버지에 울컥 화가 났다.

매너 없네. 왜 저래. 사과는 해야 하는 거 아니야? 요즘은 왜 이렇게 짜증 나는 일이 많은 걸까. 가뜩이나 날도 더워 죽겠는데. 해소되지 않은 짜증은 회사에 도착해서도 이어졌고, 그날은 유독 작은 일들에도 열이 뻗쳤다.

거래처에서 약간의 갑질을 당했다. 대표님은 뜬금없이 잔소리를 했고 점심시간 베어 물은 튀김 만두에선 고추기름이 퍽 튀어나왔다. 흰옷이었는데… 씨… 그런 사소한 것들이 하나하나 모여 결국 집에 가서 터졌다.

"내가 티셔츠 좀 뒤집어서 벗어놓지 말라고 했지!" 아내는 영문 모를 짜증을 오물처럼 뒤집어썼다. 세탁실 창으로 씩씩대고 있는 내가 보였다. 그토록 혐오하던 인간들과 다를 바 없는 모습이었다.

해소되지 않은 기분은 성격이 된다. 작은 짜증으로 시작된 기분은 일상에 대한 분노로 이어지고 속속들이 헤쳐 모여 결국 더러운 성격으로 완성된다. 어떤 성격으로 살고 싶은지는 빼곡히 적은 새해 다짐이 아니라 일상을 어떻게 다루는지에 달려 있었다.

그래서 요즘은 화가 나면 일단 3초를 센다. 3… 2… 1… 숫자를 끝낸 뒤 나만 들을 수 있는 작은 소리로 주문을 외운다. "그럴 수 있지." 이 간단한 주문은 불타던 세상을 조금이나마 미지근하게 식혀준다.

　물론 이따금 이 주문으로도 처리되지 않는 거대한 감정을 만날 때도 있다. 3초는커녕 30일로도 해소되지 않는 뜨거운 감정 앞에서 나는 또 무력함을 느끼지만 그렇다고 내 성격의 주도권을 내가 싫어하는 인간들에게 넘겨주고 싶지는 않다.
　나는 그렇게 나쁜 사람이 아니다. 나는 그들과 달리 이해할 수 있는 것이 여전히 많은 사람이다. 나는 내 감정쯤은 스스로 해소할 수 있는 넓은 마음의 소유자다.

　내일도 내 세상에는 수많은 짜증이 튀어나올 것이다. 날 선 댓글과 혐오 섞인 기사, 그리고 어깨를 툭 치며 새치기를 하는 성격 급한 할머니까지. 내 하루를 망칠 분노는 꼭 그러지 않았으면 하는 순간 튀어나와 나를 시험할 것이다. 이래도 화를 안 낼 거냐고. 하지만 그건 내 성격이 아니다. 잠깐의 기분이다.

　언제든 화가 날 순 있지만, 언제나 화를 내는 사람이 되고 싶지는 않다. '그럴 수 있다'라는 방패 같은 말로 남이 아닌 나의 기분을 지킬 줄 아는 사람이 되고 싶다. 아니, 될 것이다. 기분이 성격이 되지 않게.

나는 내가 생각하는 것보다
조금 더 괜찮은 사람이다

2024 파리 올림픽, 10미터 공기소총 종목에서 금메달을 수상한 반효진 선수의 노트북에는 이런 포스트잇이 붙어 있었다.

"어차피 이 세계 짱은 나다."

열여섯 소녀의 귀여운 멘탈 관리 비법이라 여길 수도 있겠지만 의외로 이 행동에는 과학적인 근거가 있다. 자기 충족적 예언. 20세기 초 등장한 사회심리학 이론이다.

자기 충족적 예언의 사전적 정의란 이렇다. 특정 상황을 마음속에서 '실제'라고 결정해버리면 그에 맞게 내 행동과 생각을 변화시켜 결국 원하는 결과를 이뤄낼 확률이 높아진다는 것. 다시 말해 말이 씨가 된다는 것이다.

어딘가 주술적인 면모가 넘치는 사이비 교리 같지만 사실이다. 100년 전 사회학자 윌리엄 토머스에 의해 정립되어 현재까지도 명맥을 이어오고 있는 진짜 사회학 이론이다.

하지만 그럼에도 나는 이 이론을 좋아하지 않았다. '성공한 사람은 모두 노력했다'와 같이 인과관계를 그럴듯하게 맺어놓은 부실한 이론 같다고나 할까. 그다지 신뢰하지 않았다. 그러나 한편으로는 요즘 우리에게 가장 절실하게 필요한 것 또한 이 이론이지 않을까 싶었다. 우린 반대로 자기 자신에 대한 믿음이 지나치게 부족하기 때문이다.

우리에게 겸손은 미덕이다. 지나친 자신감은 재수 없음과 동의어고 실패했을 때 실망할 것을 대비해 스스로에게 부단히도 이 말을 세뇌시킨다. "어차피 안 될 거야." 물론 그 말들은 실제로 추락했을 때의 아픔을 덜어 주었지만, 안타깝게도 우리의 날개마저 빼앗아갔다.

패기 있게 도전하는 법보다는 현명하게 포기하는 법을, 추월하는 상상보단 보수적인 한계치를 더 많이 상정하게 했다. 그래서 우리가 나이 들어 하는 후회들 역시 대개 이런 어미들로 끝났다.

"그때 그거… 해볼걸."

말에는 분명 힘이 있다. 그것이 부정적이든 긍정적이든 말은 머리 위의 천장이 되어 우리의 한계를 정의 내리는 굳건한 벽이 된다. 그래서 우리는 말을 잘해야 한다. 남에게 잘해야 하는 것만큼이나 나에게도 꼼꼼히, 계산적으로 잘해야 한다.

말 한마디로 모든 게 변하진 않겠지만 말 한마디로 내 마음만은 바꿀 수 있으니까. 포기가 도전이 되고 한계가 가능성이 되고 겸손이 자신감이 될 수도 있으니까.

개그우먼 장도연 씨는 공연 전 마인드 컨트롤을 위해 관객 앞에서 이런 주문을 외운다고 한다. "여기 있는 애들 다 ★밥이야." 국내 최연소 금메달리스트 반효진 선수 역시 평소 꾸준히 생각해왔다고 한다. "나도 부족하지만 남도 별거 아니다."

우리가 스스로에게 해줘야 하는 말 역시 그런 것 아닐까. 지독히도 열심히 달려온 스스로의 허파에 바람 좀 팽팽하게 넣어줘도 괜찮을 것이다.

자신의 노력을 좀 더 믿어보자.
열심히 해온 스스로에게 조금 더 큰 가능성을 쥐여주자.

우린 언제나 내가 생각하는 것보다 조금 더 높이 날 수 있는 사람이다.

마음이 아픈 사람은
가장 먼저 아프지 않은 척을 한다

아빠는 공황장애다.

　65년 만에 가는 첫 해외여행 비행기에서 아빠는 청심환을 두 알 먹고 외쳤다. "멈춰. …멈춰!" 8기통으로 펌핑 중인 자신의 심장에게 한 말이었다. 승무원은 급히 다가와 물었다. "선생님, 괜찮으세요?" 주변 승객들은 하나둘 아빠를 주목하기 시작했다. 아빠는 차분히 답했다.

"하하. 저 빼고 가셔요."

아빠는 병원이 싫었다. 엘리베이터도 혼자 못 타면서. 해외여행도 못 가면서. 우연히 잠긴 화장실 손잡이를 미친 듯이 때려 부쉈으면서. "아빠 그 정도는 아니야." 매번 그렇게 말할 뿐이었다. 58년 개띠 중년 남성에게 병원은 여전히 비정상의 상징이었다. 아빤 정상인이고 싶었다. 그게 속이 뻔한 거짓말일지라도.

드라마 〈정신병동에도 아침이 와요〉의 주인공 다은 역시 비슷했다. "엄마, 난 저 사람들이랑 다르잖아. 난 정상인이잖아!" 정신병동 간호사가 정신병원에 입원한다니. 다은은 정말로 미칠 지경이었다. 그런데 진찰 중 병원 비품을 부수고 약을 거부하고 소리 지르고 미쳐 날뛰는 자신을 보고 나니 알 것 같았다.

"아, 나 진짜 아프구나."

아픈 게 내 탓은 아니잖아요. 다은은 환자들에게 골백 번도 더 한 그 위로가 필요했다. 사실이었다. 다은의 병을 다은의 탓으로 돌리는 건 지나치게 잔인한 비약이었다. 하지만 남들에게는 한없이 간편했던 그 한마디가 자신에게는 왜 그리도 어려웠던 건지. 다은은 거의 반년에 가까운 시간을 돌고 돌아서야 자신에게 그 한마디를 건네줄 수 있었다. 사람 일이란 참 알다가도 모를 일이다.

아마 우리 아빠도 비슷했겠지. '이 정도는 별거 아니야' '아픈 게 아니라 그냥 조금 놀란 것뿐이야'라는 간편한 요약이 아빠의 마음에 가장 큰 후유증을 남겼을 것이다. 창피해서. 무서워서. 인정하기 싫어서. 돌이킬 수 없을 것 같아서. 우린 여전히 보이지 않는 곳에서 아프다. 마음이 아픈 사람은 언제나 가장 먼저 아프지 않은 척을 한다. 고통의 크기보다 인증받을 수 없다는 두려움이 우릴 더 아프게 하기 때문이다.

아빠는 건강하고 싶었다. 정상인이고 싶었다. 하지만 고통의 종류에 따라 자신에게 아플 자격을 부여하는 아빠 같은 사람이 진정으로 건강한 사람의 정의는 아닐 것이다. 그건 그냥 미련한 사람이다. 진짜 건강한 사람이란, 튼튼한 인간이란 무슨 일이 있어도 절대 아프지 않은 사람이 아니라, 고통이 찾아올 때 가장 먼저 자신에게 말해줄 수 있는 사람이다.

"더 아프기 전에 얼른 병원부터 가자."

우리 좀 더 자주 아프자. 그리고 빠르게 낫자.

아프지 않기보다는
빠르게 나을 줄 아는 사람이 되자.

자신에게 선물하게 되는
순간부터 어른이야

5월은 통장이 얇아지는 달이다.

어린이날을 시작으로 어버이날을 경유해 아내의 생일까지. 매년 5월이면 찾아오는 이 기념일 트로이카는 잘 찌운 지갑도 반건조 오징어처럼 쭉 말려버린다. 그럴 때면 꼭 하는 일이 있다. 나를 미루는 것이다.

가장 먼저 예약돼 있던 치과 진료를 취소한다. 간만

에 잡은 저녁 약속은 바쁘다는 이유로 미루고 오래 고민한 헬스장도 다시 내년으로 기약한다. 아쉽지만 별 수 있나. 언젠가는 나를 챙기는 시간도 올 거다. 언젠가는.

"할머니 올해는 나랑 여행 갈까?" 문득 지난해 어버이날 할머니에게 던진 물음이 떠올랐다. 함께 저녁을 먹고 용기 내 물은 내 오래된 질문에 할머니는 웃으며 답했다. "얘, 너 혼자 가라. 할미는 이제 화장실 가는 것도 태산이야."

언젠가. 언젠가. 언젠가. 할머니는 매번 이 말만 거듭하다 결국 화장실 가는 것도 힘든 아흔일곱 살이 되어버렸다. 짜증이 났다. 너무 늦어버린 내 효도와 그것조차 기다려주지 않은 할머니의 야속한 세월에 화가 나 입을 꽉 닫아버렸다. 그 표정이 눈에 밟혀서인지 할머니는 평소답지 않게 긴 말을 이었다.

"얘, 너 늙으면 젤루 억울한 게 뭔지 아냐?" 나는 할머니를 동그랗게 쳐다봤다.

"주름? 아냐. 돈? 그거 좋지. 근데 그것도 아냐. 할미가 젤루 억울한 건 나는 언제 한번 놀아보나 그것만 보고 살았는데, 지랄. 이제 좀 놀아볼라치니 다 늙어버렸다. 야야, 나는 마지막에 웃는 놈이 좋은 인생인 줄 알았다.

근데 자주 웃는 놈이 좋은 인생이었어.

그러니까 인생 너무 아끼고 살진 말어. 꽃놀이도 꼬박꼬박 댕기고. 이제 보니 웃음이란 것은 미루면 돈처럼 쌓이는 게 아니라 더 사라지더라."

할머니는 하고 싶은 게 없다고 했다. 아니 할 수 있는 게 없다고 했다.

집으로 돌아가는 길, 나도 모르게 생각했다. 희생은 아름답지만 지속되어서는 안 된다. 우린 참고 억누르는 것이 어른스러운 것이라 배워왔지만, 사실 아무도 자신의 자식마저 그런 인생을 살길 바라지는 않는다. 어른이란 자신을 가장 먼저 포기하는 사람이 아니었다. 자기 자신에게까지 선물할 줄 아는 사람이었다.

가정의 달 5월이다. 그 이름답게 매번 타인을 위해 지갑을 열어왔지만 이번 5월만큼은 다르고 싶다. 올해는 나를 위해 지갑을 열 것이다. 장바구니 맨 아래로 밀린 소설책 한 권을 살 것이다. 그리고 맨 앞 장에 적을 것이다.

"미루다 보면 잊는 법이야."
나도 조금은 멋들어진 어른이 되고 싶다.

아내는 매일 아침 행복에
이름표를 붙인다

막 건조기에서 꺼낸 이불을 보며 아내는 행복해한다.

　적당히 데워진 이불을 덮고 소파를 구르며 뒤집어썼
다 또 벗었다, 한참을 그렇게 하다 머리만 쏙 빼고 말한
다. "아, 행복해." 연애를 시작한 지 10년, 결혼한 지 5년.
도합 15년의 세월이 흘렀지만 심쿵. 아내의 표정은 여전
히 귀엽다. 이후로도 수건이든 흰옷이든 건조된 빨래들
을 보면 일단 다 던져주는 이유다.

하루는 영화 관람 전 저녁으로 충무김밥과 쌀국수를 먹는데 아내가 또 말했다. "조합이… 완벽한데?!" 피식. 나는 또 자그맣게 웃는다. 어느 날은 퇴근한 자신을 반기는 반려묘 미미를 보며, 또 어느 날은 집 가는 길 발견한 달짝지근한 군밤 가게를 보며 아내는 지치지도 않고 꾸준히 선언했다. "너무 행복하다." 아내는 무심코 지나갈 만한 작은 순간들에도 그토록 자주, 새것이라는 듯 행복이라는 이름표를 붙여주었다. 조금은 부러워졌다.

'행복하다'라는 말을 해본 것이 언제일까. 어릴 때는 했었나. 안 했던 것 같은데. 행복이란 말은 어딘가 쉬워지면 안 될 것 같아 아끼고 또 아꼈다. 즐거움만으로는 부족했다. 짜릿함도 아쉽고 뿌듯함 역시 딱 들어맞지는 않았다. 그야말로 머리에 폭죽이 터지는 순간이 아닌 이상 행복이라는 단어는 감히 쓸 수 없었다. 참아온 세월이 얼만데. 겨우 이 정도가 행복이라니 용납할 수 없었다.

그래서 내 인생은 무미건조했다. 솔직히 꽤 인상적인 순간들도 많았던 것 같은데, 제대로 명명되지 않는 순간들은 조금씩 퇴색되어 그저 그런 기억들로 뭉쳐졌다. 부끄러워하다 보니 무뚝뚝해진 그 옛날의 아버지들처럼 나는 조금씩, 그러나 확실히 메말라가고 있었다.

어제저녁, 마트에서 장을 보고 돌아오는 길 문득 하늘을 쳐다봤다. 분홍빛 하늘. 여름 석양이 저리도 예뻤었나. 나도 모르게 기분이 보송해졌다. 값싸게 구매한 삼겹살도, 기다리지 않고 바로 계산한 타이밍도 모두 완벽했다. 해서 이 모든 순간들을 또 습관처럼 잊지 않기 위해 용기 내어 이름표를 붙여본다. 조용하게.

"아, 행복하다."

"뭐라고?!" 산통을 깨듯 아내가 묻는다. 눈치도 없지. 나는 벌컥 답한다.

"아, 행복하다고!"

푸하하. 아내가 웃는다. 나도 따라 웃는다.

하늘은 여전히 핑크빛이고, 나는 이제 안다.

행복은 선언이다.

뉴비에게 지나치게
가혹한 나라

"그런 것까지 알려줘야 하니?"

우리나라의 뉴비(신입자, newbie)들을 가장 많이 울리는 말일 것이다. 처음엔 못하는 것이 당연한 건데 학교에서도, 회사에서도, 가정에서도 그 당연한 사실을 쉽게 인정해주지 않는다. 그래서 뭘 물어보기가 어렵다. 아는 것은 하나 없는데 뭐든 알아서 잘 딱 깔끔하게 해내야 한다. 기댈 곳은 없지만 실패는 절대 용납되지 않는 신입이라니. 사기꾼들에게 이보다 더 좋은 먹잇감은 없을 것이다.

　대한민국은 전 세계 사기 범죄 1위 국가다. 작년 전세 사기 피해자만 10만 5,000명에 달했고 피해자들의 70%는 안타깝게도 사회 초년생들이었다. 이유가 있었다. 초년생들의 뇌는 유독 사기꾼들의 기술에 취약했기 때문이다. 사기꾼들은 딱 두 가지 기술로 초년생들의 뇌를 요리했다. 강압적으로 압박하거나, 따뜻하게 위로하거나.

　쉽게 말해 "지금 안 하면 이 가격에 다시는 못 줘."라고 윽박지르거나, "내가 다 알아서 할 테니까 걱정 말아요. 우리 아들 같아서 그래."라며 따뜻하게 위로한 것이다. 어느 쪽이든 설익은 뉴비들의 마음에는 쥐약이었다.

　물론 주변에 도움을 청할 수 있었다면야 상황이 달라졌을 테지만, 뉴비들은 그럴 수 없었다. 내 일은 내가 알아서 해내야 했기 때문이다. 그게 10만 5,000명이 될 때까지.

　정부는 부랴부랴 전세 사기 특별 수사팀을 구성했고 사기 범죄 형량 강화에 대한 논의도 곳곳에서 시작되었지만 그에 앞서 선행되어야 하는 진짜 중요한 일이 하나 있었다. 바로 근본적으로 사기의 난도를 올리는 것. 다시 말해, '똑똑한 뉴비를 만드는 것'이다.

　"모르는 거 있으면 물어봐요." 마음 편히 물어볼 수 있는 기회를 주고 필요한 정보는 좀 더 쉬운 말로 제공하고. 초심자가 실수하는 것이 당연한 분위기를 만드는 것이 가장 중요했다.

　'다 큰 애들한테 그렇게까지 해줘야 돼?' '우리 땐 다 발로 뛰었는데 말이야' '하나하나 알려주면 버릇 나빠져'라고 말하고 싶은 어른들이 수두룩 빽빽일 테지만, 모르는 소리. 요즘 애들이 더 멍청해서 혹은 덜 노력해서 사기를 당하는 것이 아니다. 그땐 그냥 사기꾼들도 멍청

했을 뿐이다.

불과 20~30년 전만 해도 우리나라라는 게임은 아직 출시 초기였기에 모든 유저가 살아남는 데 급급했다. 눈 앞의 상황에 적응하기 바빴고 진지하게 판을 짤 여유도 없었다. 지금처럼 알고도 당할 수밖에 없는 사기를 우린 단 한 번도 겪어보지 못했다는 이야기다.

모든 게임이 망하는 순간은 딱 한 가지로 귀결된다. 뉴 비가 사라질 때. 그리고 지금 우리나라라는 게임은 모든 분야에서 신규 참여자가 급격히 줄고 있다. 나 살기도 바 쁘다며 나 몰라라 할 상황이 아니라는 것이다. 전세도 출 산도 취업도. 우리 모두가 속한 게임이 지금 망해가고 있 다. 이 게임들을 살리기 위해 우린 지금까지와는 조금 다 른 방향의 노력을 취해야 한다.

나 살겠다고 뉴비 등쳐 먹는 짓은 엄중히 단죄하고 어 렵사리 물어보면 기분 좋게 알려주고. 쓸 만한 아이템이 있으면 맘씨 좋게 나눠줘야 한다. 당연히 비난의 화살은 뉴비가 아닌 몹쓸 사기꾼과 불법 핵 유저들을 향해야 한다. 그게 한 살이라도 더 먹은 우리 고인 물들이 해줘야 하는 일이다.

누구를 위해? 나를 위해.
우리라는 게임의 건강을 위해.

진짜 사이코패스는
감옥에 있지 않다

습관적으로 타인의 자존감을 무너뜨리는 사람들이 있다.

작은 실수를 과하게 꼬집고 최대한 망신을 줘 주변의 편견을 조장하는. 그래서 자신의 입맛에 맞게 우리를 조종하려 드는 사람들이. 이들은 자신의 말에 무너지는 타인의 모습을 보며 역설적으로 자신의 존재감을 확인하는데, 가히 일상적 사이코패스라 표현할 만하다.

모든 사이코패스가 살인자가 되는 것은 당연히 아니다. 그러나 어떤 이들은 법에 걸리지 않는 살인을 한다. 몸이 아닌 정신을 죽이는 것이다. 이들은 절대 누군가를 죽이지 않는다. 단지 죽고 싶게 만든다. 별 이유는 없다. 그게 더 편하기 때문이다. 어떤 면에서는 전자보다 훨씬 더 섬뜩한 행위라고 할 수 있다. 이토록 선명하게 설명할 수 있는 이유가 있다. 나 역시 겪은 이야기이기 때문이다.

스물여섯 살, 당시 인턴이었던 나는 매일같이 사수의 상소리를 들어야만 했다. 사수는 날카로운 음성을 가졌던 분이었다. 작은 일일수록 더 큰 면박을 놓을 줄 아는 분으로, 사람 혼 좀 빼놓을 줄 아는 프로 중에 프로였다.

하루는 전화할 때 목소리가 너무 작다며 회의실로 불려가 흠씬 털렸다. "넌 애가 이런 것까지 안 되니?" 사수는 마치 전 사원에게 내가 삶의 기본조차 안 된 하찮은 인간이라고 선포하고 싶은 듯 보다 큰 소리로 외쳤다. 사수는 즐거워 보였다.

커피를 주문할 때도, 스테이플러를 찍는 방식으로도 사수는 꼬투리를 잡았다. "내가 너한테 뭘 기대하니. 기대한 내가 잘못이지." 그는 지치지도 않고 나를 말려 죽였다. 그런데 신기한 것은 그 소리를 한 3개월쯤 들으니 나도 스스로에게 말하게 되었다는 것이다.

"다 네가 병신이라 그래."

나는 사수를 미워하지도 못했다. 그때 나는 내가 더 미웠다. "네가 병신이니까 이런 취급을 받지." "네가 잘했어봐. 이런 꼴이 나는지."

매일 밤 혼날 수밖에 없는 이유를 스스로 만들어내고 더 과하게 회개했다. 그렇게라도 하지 않으면 도무지 이해할 수가 없었다. 왜 내가 이렇게까지 욕을 먹어야 하는지. 도대체 왜 걷는 방식으로까지 털려야 하는지. 이해할 수 없는 부조리를 어떻게든 납득하고자 나는 더 필사적으로 자신을 망가뜨렸다.

　그게 벌써 8년 전의 일이다. 지금도 우연히 사수가 쓰던 향수 향을 길에서 맡으면 온몸에 털이 삐죽 선다. 그때의 기억은 빠르게 뇌를 강타해 땀을 주륵 빼낸다. '진짜 있으면 어쩌지?' 분명 없는 것을 아는데 눈은 혹시나 있을 불상사를 대비해 땅으로 처박힌다. 다리는 빠르게 내달린다. 8년이나 지났는데. 나는 아직도 그때의 기억에서 벗어나지 못하고 있다. 그때도, 지금도 나는 도망치는 것밖에는 할 수 있는 게 없다.

　진짜 사이코패스는 감옥에 있지 않다. 그들은 학교와 회사와 가정과 동호회 안에 있다. 더 섬찟하고 더 똑똑한 모습으로. 그런 사람들에게서 벗어날 수 있는 방법을 나는 도망치는 것밖에는 알지 못한다. 나약해서, 부족해서가 아니라 살기 위해 도망쳐야 할 때도 있으니까.
　물론 누군가는 이런 것도 못 견디는 놈이 도대체 무슨

일을 할 수 있겠냐고 또 훈계를 놓겠지만, 유명 격투기 선수조차 말하지 않았나.

"칼 든 사람을 어떻게 이겨요. 도망쳐야지."

프로 격투기 선수조차 칼 든 상대에게는 답이 없다.
그리고 세상에는 손보다 입으로 칼을 들고 사는 사람이 더 많다.

제 2 장

잘 자는 것도 능력이야

인생은 최선을 다해도
실패할 수 있다

한국은 전 세계에서 가장 열심히 사는 나라다.

 한 해 평균 1,900시간을 일하는데도 업무 시간을 더 늘리려는 나라며, 평균 공부 시간도 1위를 놓친 적이 없다. 거기다 과로사로만 한 해 500명이 넘게 죽는 나라이 기도 하다. 그런데 아이러니하게도 재수생과 취준생 수는 매년 정점을 찍고, 청년 자살률 또한 늘고 있다.

 전 세계에서 가장 열심히 살지만 가장 많은 실패를 하

는 나라. 이런 상황에서 우리가 서로에게 가장 많이 건네는 말은 이렇다.

"누칼협?" 그러니까 누가 그렇게 살라고 칼 들고 협박함?

학업, 대입, 취업, 인간관계 등. 요즘은 실패의 원인을 유독 개인에게 돌리는 경향이 강한 것 같다. 더 똑똑한 선택과 더 나은 노력을 하지 않은 네 탓이라는 것. 그런데 과연 그럴까. 아무리 철저하게 계산하더라도 인생은 꼭 삐딱선을 탄다. 예를 들어보자.

불과 5년 전만 해도 공무원은 꿈의 직업이었다. 경쟁률은 40대 1. 노량진엔 남는 방이 없었다. 지금은? 남는 게 공실이다. 퇴직도 끝도 없이 늘고 있다. "5년 뒤 국제정세 변화로 금리와 물가가 동반 상승할 거야. 그럼 공무원 월급으로는 살기 힘들어지겠지."

이게 과연 개인이 예상할 수 있는 범위일까? 아니다. 그냥 그때도 지금도 우린 현재의 내가 내릴 수 있는 최선의 선택을 하고 최선의 노력을 하며 살고 있다. 그럼에도 불구하고 인생은 실패할 수 있을 뿐이다. 그 어떤 것도 아닌 '운' 때문에.

2020년 배우 오정세 씨는 남자 조연상을 수상하며 이렇게 말했다.

"100편의 작품을 하는 동안 어떤 작품은 성공하고 또 어떤 작품은 심하게 망했습니다. 분명 똑같이 열심히 했는데 결과는 전혀 달랐죠. 돌이켜보면 내가 잘해서 잘된 것도 내가 못해서 망한 것도 아닌 것 같아요.

그런 면에서 세상은 참 불공평합니다. 열심히 자기 일을 하며 산다고 똑같은 결과가 주어지는 건 아니니까요.

그러니 여러분 자책하지 마십시오. 세상엔 여러분 탓이 아닌 실패도 많습니다. 그냥 계속하다 보면 평소와 똑같이 했는데 생각지도 못했던 위로와 보상이 찾아올지도 몰라요. 저에게 동백이가 찾아온 것처럼요."

그의 말처럼 절망이 넘치는 시대, 우린 좀 더 운의 힘을 믿어야 한다. 최선의 선택을 하고 최선의 노력을 해도 원하지 않는 결과를 얻을 수 있다는 당연한 진실을 받아들여야 한다. 실패는 온전히 당신의 것이 아니다. 최선을 다한 자신에게, 소중한 사람들에게 "네 탓이 아니야"라는 말을 좀 더 넉넉하게 건넬 줄도 알아야 한다.

아무것도 하지 않을 핑곗거리가 아닌,
삶을 포기하지 않고 다시 시작할 용기를 얻기 위해.

웃지 않다 보면
웃지 못하게 돼

할아버지는 웃음이 부족한 사람이었다. 아니다. 어쩌면 부재한 사람이었을지도.

   명절날 손주들의 세배에도 흔한 미소 하나 주지 못할 만큼 근엄하지만 어딘가 안쓰러운, 그런 사람으로 나는 기억한다. 어떤 날은 코미디를 보다 문득 웃고 있는 자신의 모습에 소스라치게 놀라 괜한 역정을 부리셨다. "저 딴 것도 개그라고." 할아버지는 점점 웃음의 길을 잃어갔다.

그래서일까. 할아버지의 웃음이 비워진 자리에는 번 번이 짜증과 화가 자리했다. 행복한 기분이 올라와야 하 는 타이밍에 지어지지 않는 표정을 숨기려 할아버지는 더 자주, 더 크게 화를 내셨다. 웃어야 했었는데. 웃을 수 있었는데. 할아버지는 결국 웃지 못하게 됐다. 할아버지 가 내게 마지막으로 남긴 얼굴 역시 다 말라 가뭄처럼 딱 딱해진 짜증 그득한 얼굴이었다.

그런 얼굴을 요즘 나에게서도 자주 본다. 웃음이라곤 냉소밖에 남지 않은 내 얼굴에서 할아버지가 떠올라 까 무룩 놀라지만, 웃음은 잘 지어지지 않는다. 숨 쉬는 것 을 인식하는 순간부터 숨이 어색해지는 것처럼 내 표정 인데 내 마음대로 안 된다. 입꼬리가 딱딱하게 굳어 억지 로 올려보아도 파르르 떨리는 데 그친다. 웃지 않다 보니 웃지 못하게 되었다.

사람은 나이를 하나 먹을 때마다 타고난 표정 하나씩을 잃는다고 한다. 웃음, 행복, 만족, 기쁨. 신기하게도 맑은 표정부터 잃게 되는 우리는 짜증으로 일관되다 결국 무표정으로 인생을 마감하게 된다고.

그래서 웃음에는 연습이 필요하다. 웃음이 행복이, 모래 위 글씨처럼 인생이란 파도에 쓸려가기 전에 습관을 만들고 몸에 배게 해야 한다. 화밖에 남지 않은 얼굴로 마지막을 장식하고 싶지는 않다. 끝까지 삶에 웃어 보이고 싶다.

그런 의미에서 요즘은 작은 것에도 열심히 웃어본다. 길에서 어린아이를 마주칠 때면 빙그레 미소 짓는 용기도 갖게 됐다. 분명 못났을 텐데, 아이는 내 미운 웃음에도 생기발랄한 미소를 반사해준다. 알고 있던 따뜻함이었다. '인생은 원래 차가운 거야'라는 멍청한 생각 때문에 다 잊어버린 즐거움이었다. 언제부터 이 모든 것을 잊어버렸던 걸까.

문득 냉소했던 어느 코미디언의 말이 떠올라 피식한다.

"행복해서 웃는 게 아니라 웃어서 행복한 겁니다."

나도 조금은 밝아질 수 있을까?

나는 명품백을 들고
삼각김밥을 먹어

한국은 전 세계에서 명품을 가장 많이 소비하는 나라다.

　1인당 명품 소비액은 평균 40만 원으로, 한 해 소비 총
액은 자그마치 20조 원에 달한다. 심지어 코로나 기간에
는 전 세계에서 유일하게 명품 소비가 줄지 않은 나라라
고 하니, 가히 비정상적인 현상이다. 이쯤 되면 궁금해질
수밖에 없다. "도대체 왜?" 답은 간단했다.

"관심받고 싶어서요."

현대사회에서 가장 값비싼 물건은 단연 '관심'일 것이다. 틱톡, 인스타그램, 유튜브, 페이스북, 트위터 등등. SNS에서는 매초 단위로 타인의 소식이 올라오고 그 속에서 관심을 얻기 위해 우린 더더욱 희소한 사람이 되어야만 한다. 그리고 알다시피 명품은 그를 위한 가장 손쉬운 수단이다.

명품에는 설득이 필요 없다. 사진이면 한 컷이면 간단하게 세상에 선포된다. "지금 이 순간 나만큼 행복한 사람이 있을까?" 그러나 모든 인생이 그렇듯 극강의 편리는 항상 극강의 부작용을 낳기 마련이다. 미진 씨의 이야기를 들어보자.

"명품을 벗으면 내 인생이 조금 더 어두워져요. 빽 살돈을 모으려고 삼각 김밥을 백 개쯤 먹었는데 남들은 몰

라요. 이 차에 대출이 얼마나 붙은지도 모르죠. 그래서 내 SNS에는 어느 때보다 행복이 넘쳐요. 근데,

집에만 돌아오면 전보다 조금 더 불행해진 내가 있어요. 거울 앞에 나는 어쩐지 추레해 보여요. 내 안부를 궁금해하는 건 신용카드사밖에 없어요. 그래서 또 명품을 산답니다. 그럼 모두가 부러워해 주거든요. 하지만 웃기게도 나를 속이는 데는 한계가 있더라고요. 간단히 말해, 개털난 거죠. 마음도 돈도, 다. 하하.

그래서 어떻게 됐냐고요? 똑같아요. 솔직히 무슨 방법이 있겠어요. 시대의 흐름인걸. 그나마 한 가지 다행인건 세상에는 의외로 문제라는 걸 아는 것만으로도 달라지는 게 많다는 사실. 제 인생은 여전히 SNS만큼 달콤하지 않아요. 24시간은 행복으로 채우기엔 너무 긴 시간이고 남은 시간은 대부분 어둡죠. 그러나 또 매 순간 불행한 것만은 아니더라고요.

내 얼굴은 어딘가 찌그러졌지만 나름 귀엽고, 돈까스는 오마카세보다 열 배는 저렴하지만 질리지 않아요. 퇴근길 지하철에서는 우연히 빈자리도 발견했어요. 그게 내 인생이더라고요. 생각보다 괜찮은 내 인생.

물론 요즘도 주로 불행해요. 친구들의 SNS를 보며 왜 내 인생만 이런가 뱃속이 자주 뒤집히기도 하죠. 그래도 매일 아침마다 이렇게 다짐해요.

오늘도 내 인생에는 비가 많이 내릴 거야.

하지만 말야,

나는 그 속에서도 춤출 줄 아는 사람이지."

사람의 말투에는
온도가 있어

말투에는 그 사람이 가진 온도가 드러난다.

자신과 맞지 않는 취향에 '이상하다'라는 말로 거리 두는 사람이 있는가 하면 '독특하다'라는 말로 포용하는 사람이 있다. 이 짧은 순간에도 우린 그 사람이 세상을 대하는 체온을 느낄 수 있다. 무엇이 맞고 틀린지를 떠나 무엇이 더 따뜻한지를 느낄 수 있는 것이다.

또한 살다 보면 말투에 배려가 묻어 있는 사람을 만날 때도 있다. '덕분에'라는 말을 자주 쓰는 사람들이다. 너 덕분에 재미있게 놀았다. 너 덕분에 덜 슬퍼졌어. 그래도 너 덕분에 더 웃을 수 있었어, 라며 자신을 웃게 해준 소중한 경험들을 상대의 공헌으로 기껍게 돌려주는 사람들이다. 그래서 이들과 함께하면 내가 조금은 더 괜찮은 사람인 게 아닐까 하는 생각이 든다.

젠장, 사람은 참 바보 같아서 말 한마디에도 하루가 맑아지나 보다.

마지막으로 나는 행복에 틀이 없는 사람들과 만나는 것을 좋아한다. '멀잖아.' '비싸잖아.' '힘들잖아.' 매 순간 해야 할 이유보다 하지 않아도 될 이유를 먼저 떠올리는 사람이 아니라, 가끔은 길을 잃을 줄도 아는 사람들을 말이다. 이들의 말투에는 삶에 대한 기대가 여전히 담겨 있어 마른 내 심장도 두근거리게 한다.

'한번 해볼까?' 해보지 않은 것에 섣부른 마침표를 찍지 않고 꾸준히 물음표를 던지는 그들을 보며 나는 내 인생에서도 아직 할 것이 남아 있다는 기대감을 느낀다. 삶에 쉽게 담쌓지 않겠다는 의지를 또 한 번 불태우게 된다.

이렇듯 사람의 말에는 그가 가진 참 많은 것들이 드러난다. 내가 세상을 어떻게 바라보고 느끼고 해석하고 결론짓는지는 의외로 내가 평소 쓰는 말투에 담겨 있다. 마치 어릴 적 방학 숙제로 해간 양파 실험처럼 좋은 말, 예쁜 말을 더 많이 듣고 뱉은 나일수록 마음의 크기 역시 잘 자라게 됐다. 예쁘게 세상을 바라보기 위해서는, 먼저 예쁜 말을 써야 했다.

요즘은 거짓말을 꽤 많이 한다. 과장 역시 자주 한다. 기분이 마뜩잖은 상황에서도 '독특하네!'라고 결국 감탄하곤 한다. 자존심을 부리고 싶은 상황에서는 깔끔하게 미안하다 사과해보기도 한다. 또한 가끔 주어지는 이벤트 같은 새로움들을 어차피 똑같다고 요약하기보단 '그래, 한번 해보자'라고 기대감을 더 많이 비춰보곤 한다. 나는 내 마음과 생각과 감정을 속이기 위해 부단히도 세상과 나에게 선언하고 있는 중이다. 오늘도 세상은 멋지다고.

삶을 예쁘게 바라보는 사람이 되고 싶다. 매사 긍정적으로 살아가고 매일은 아니더라도 자주 행복한 사람이 되고 싶다. 그러기 위해 나는 25년 전 초등학생 때의 내가 양파에게 해준 것처럼 나를 속이고 또 달랠 것이다.

"걱정 마, 오늘도 멋진 일이 일어날 거야."
그렇게 내 세상은 조금 더 예뻐질 것이다.

우울해 죽겠는데 배가 고파요,
잠도 오고요

마음이 우울할 때 타이레놀을 먹으면 효과가 있을까?

놀랍게도 의외로 효과가 있다. 마음의 통증은 신체의 통증과 가늘지만 단단히 연결되어 있기에 진통제로도 소기의 효과는 볼 수 있다고. 물론 임시방편에 불과하겠지만 이 신기한 현상은 한 가지 의미 있는 사실을 직관적으로 설명한다.

마음의 무너짐은 신체의 무너짐으로도 연결된다. 물론 반대로도.

　우울증 환자가 갑작스러운 체중 증가를 경험하는 것은 흔한 일이다. 마음의 허기는 자연스럽게 신체의 허기로 이어지기에 우린 그중에서 보다 채워 넣기 쉬운 쪽을 선택하게 된다. 십중팔구는 신체의 허기 쪽이다.
　스트레스와 수면욕의 관계도 비슷하다. 우리가 자도 자도 끝도 없이 잠이 쏟아지는 이유는 세상에 지친 마음을 닫는 가장 쉬운 방법이 신체의 전원을 끄는 것이기 때문이다.

　물론 이러한 현상을 알려야 알 수 없던 바쁘디바쁜 우리는, 무엇이든 해결할 생각은 안 하고 잠이나 자빠져 자는 나와, 토할 것같이 먹고도 또 라면을 끓이는 나를 이해할 수가 없었다. 아니다. 혐오할 수밖에 없었다. 한심한 주제에 살까지 찌는 추태라니. 우울은 더 커졌고 그와 동시에 허기는 미지의 동굴처럼 더 깊어만 갔다.

　"…난 쓰레기야." 그때 우리가 할 수 있는 것이라곤 나를 더 강하게 미워하는 것밖에 없었다.

　당연하게도 마음에는 색깔이 없다. 모양도 없고 크기도 없다. 그래서 내 마음에 난 상처가 얼마나 큰지, 내 마음에 패인 주름의 깊이는 또 얼마나 깊은지 나로서도 가늠이 안 된다. 내 마음에 대해 알 수 있는 유일한 힌트는 아이러니하게도 신체의 상태뿐이다.

　충분히 잤는데도 피곤하다면 마음이 지쳐 있다는 증거다. 먹어도 먹어도 텅 빈 허기가 찾아온다면 마음 한구석에 거대한 구멍이 나 있다는 증거다. 그렇다. 볼 수는 없어도 알 수는 있다.

　지친 마음은 꼭 토라진 아이와 같아서 상처를 곧이곧

대로 보여주지 않는다고 한다. 부모가 중히 여기는 물건을 아작 내고 죽어버릴 거라며 밥도 거른다. 그 애처로운 구조 사인이 하는 말은 결국 한 가지일 것이다.

"나 좀 알아줘." "관심 좀 가져줘."

그리고 알다시피 아이를 달래는 가장 쉬운 방법은 예나 지금이나 충분히 달래고 맛있는 것을 먹이고, 기분 좋게 재우는 것이다.

그간 우린 자신에 대해 너무 과신해왔다. 신체의 나이와 정신의 나이가 동일하게 먹을 거라 착각해왔지만 마음은 죽을 때까지 늙지 않았다. 여든 먹은 노인의 마음조차 말 한마디에 무너지는 것이 현실이다. 그렇기에 우린 좀 더 자신의 마음에 따뜻해져야 한다.

충분히 어르고 달래며 먹이고 재워야 한다.

그게 비록 보이지 않는 어린아이일지라도.

죽고 싶은 게 아니라
이렇게 살고 싶지 않은 거야

나는 부정적인 사람이다. 어쩌면 비관적인 사람이다.

　하루의 마지막은 그날의 실수를 떠올리는 것으로 마감을 찍는다. 그게 아니라면 어제. 또 그게 아니면 일주일 전에. 그것조차 아니라면… 하고 10년 전의 내 못난 점을 찾아 거슬러 올라가는 종류의 인간이다. 이런 내 성격이 좋은 것이 당연히 아니다. 단지 이러고 살지 않는 방법을 모를 뿐.

솔직히 말하면 가급적 빠르게 죽고 싶다는 생각을 얼마나 많이 했는지 모른다. 삶이 아름답다는 것에는 여전히 동의하지만, 거기서조차 티끌을 찾고 있는 나를 보면 정말이지 골이 터질 것 같다. 내 안에는 꽃가루 알레르기가 넘쳐서 세상에 꽃이 만개할수록 속이 더 뒤틀리나 보다. 이런 과정을 50년은 더 겪어야 하다니. 조금은 절망적이다. 그나마 다행인 것은 내 모난 성격을 가리는 방법만큼은 확실하게 터득했다는 것이다.

기본적으로 잘 웃는다. 상대의 말을 끝까지 듣고 그 안에 담긴 긍정적인 의미를 끈기 있게 찾아낸다. 예를 들면 이런 것이다.

"의미 같은 건 몰라요. 그냥 하는 거죠, 뭐."와 같은 말을 들으면 "그래도 끈기가 대단하신데요. 요즘 같은 시대에 희소한 재능이잖아요."와 같은 식으로 답하는 것이다. 그러면 상대는 배시시 웃고 내가 유독 싫어하는 답가를 보낸다.

"태수 씨는 참 긍정적인 것 같아." 아마 그 말이 계기가 되었으리라. 나에게도 똑같은 논리를 적용해본 것이.

"그때는 정말 최악의 인간을 만났어."
"맞아. 근데 그렇기 때문에 좋은 사람이 누구인지도 알게 됐지."

"첫 직장에서의 일들은 정말 끔찍했던 것 같아."
"그것도 맞아. 그런데 그때의 경험들 때문에 나와 잘 맞는 직업이 뭔지 알게 된 거 아니야?"

…인정하기 싫지만 얼추 맞는 것 같았다.

이후로도 비슷한 시간을 많이 보냈다. 그간 있었던 부정적인 사람과 경험을 논리 삼아 가급적 긍정적인 결과를 도출했다. 꼭 남에게 하듯 나에게도 최대한 이유 있는 긍정을 주었다.

부정적인 성격도 능력이 될 수 있을까? 'NO!' 분명 옛 날이라면 이렇게 대답했을 것이다. 그러나 이제는 조금 다르게 답하고 싶다.

"음… 어쩌면 YES?"

세상에는 오답을 너무 잘 알기에 정답에 가까워질 수 있는 사람들도 있다. 매일같이 불행하고 실패하고 슬프고 우울하기에 반대로 어떻게 살아야 그러지 않을 수 있는지를 잘 아는 사람들 말이다. 나는 그게 부정이 가진 힘이라고 믿는다. 부정으로도 긍정을 쌓을 수 있다. 오답을 너무 잘 알면 오히려 정답을 잘 찾아낼 수 있듯.

다시 처음으로 돌아가 나는 죽고 싶다 말했지만 그건 사실이 아니었다. 그저 이렇게 살고 싶지 않았을 뿐. 부정으로 똘똘 뭉친 내 마음을 부술 긍정을 찾아내기까지 너무 오래 걸렸을 뿐이다. 이른바 합리적 긍정을 말이다.

부정으로도 긍정을 만들 수 있다. 불행하기에 행복이 무엇인지 더 잘 설명할 수 있다. 그러니 나는 이제 스스로를 이렇게 설명하고 싶다.

　"나는 부정적인 게 아니야.
　합리적으로 긍정적인 사람이지."

젊음이 사라졌을 때
나에게 남은 무기는 뭘까

김성근 감독은 여든이 넘는 나이로 다시 야구 감독이 되었다. 재작년을 마지막으로 프로야구 감독 은퇴 의사를 밝혔지만 그새를 못 참고 〈최강야구〉 프로그램의 단장이 찾아가 말한 것이다. "감독님, 우리 좀 살려주십쇼."

그리하여 2022년 11월, 김성근 감독은 은퇴한 지 3개월 만에 극진한 에스코트를 받으며 다시 직장인이 되었다. 그것도 에이스 직장인이. 놀라우면서도 부러웠다. 그렇지 않나. 여든이 넘은 나이에도 여전히 모셔가고 싶은 일류 직장인이라니. 어쩌면 이 시대에 가장 부러운 80대가 아닐까 싶었다.

우리나라의 직장인이라면 누구든 60세즈음으로 정년을 맞이한다. 자의든 타의든 관계없다. 회사의 결정이 내려지는 순간 때묻은 책상은 속도감 있게 비워지고, 남은 인생은 회사라는 명함 없이 스스로 살아내야 한다. 낡은 머리와 딸린 식구들을 안고 30년 전처럼 다시 한 번 이 질문과 맞짱을 떠야 하는 것이다.

"그래서 당신 잘하는 게 뭔데?"

작년 겨울, 대학교 선배는 다 식은 술잔을 들고 말했다. 슬슬 목이 죄어온다고. 선배의 직장에선 어느덧 30대 명퇴자가 하나둘 나오고 있다고 했다. 선배는 이제 마흔 살이었다. 언제든 잘릴 수 있는 위치지만 그래서는 안

됐다. 얼마 전 태어난 선배의 둘째 아이는 돌도 채 지나지 않았다. 첫째 아이의 학원비만으로도 통장은 빠르게 비워졌다.

선배는 정말로 잘리면 안 됐다. 그러나 자신이 왜 정말로 잘리면 안 되는지를 도통 정의할 수가 없었다. "저 애가 둘이에요." "제가 여기서 고생한 게 얼만데요." 선배는 밤마다 머릿속으로 인사팀 팀장과 일기토를 했지만 매번 참패했다. 나도 선배와 여섯 살밖에 차이 나지 않았다. 이제 곧 내 차례가 올 거란 소리였다.

그날 밤, 집에 돌아가는 길 술 취한 김에 모처럼 나에게도 답을 요구해봤다. "넌 잘하는 게 뭐야?" 회사라는 간판을 떼고 네가 보여줄 실력이 있어? 경력을 제외하고 네게 남은 실력이 뭐야. 진득이 고민해봤지만, "아뇨." 없는 것 같았다. 없는 답도 만들어서 대답해야 할 판에 속도 좋은 놈이었다. 젊음을 제외하고 내게 남은 무기가 무엇인지, 그날의 나는 정의할 수 없었다.

누구에게나 경력이 아닌 실력으로 말해야 하는 시기가 온다. 어떤 사람은 30대에 찾아올 수도 있고 또 어떤 사람은 80대에 찾아올 수도 있지만, 그 시기는 누구에게나 누락 없이 찾아온다. 젊음이라는 말로 애써 덮어왔던 폭력적인 질문과 맞이해야 하는 시기가. 그렇기에 나이가 차오를수록 우리에게 더 필요한 건 "나 어디 나온 사람이야."라는 텅 빈 허세가 아닌, "나 이거 할 줄 아는 사람이야."라는 알찬 증명이다.

"당신은 무엇을 잘하는 사람인가."
젊음과 과거를 제외하고 우리에게 남은 답은 무엇인가.

매번 어물쩍 지나쳐버린 이 질문에 대한 답을
우린 생각보다 더 오랜 시간 갖고 있어야 한다.

왜 한국인의 최선은
90%가 아니라 110%일까

스물일곱 살의 나는 새벽 세 시에 퇴근해 다음 날 아침 열 시까지 출근했다.

그것도 모자라 6개월쯤 뒤부터는 "보다 편안한 야근을 하자!"라는 일념 하에 마련된 회사 숙소에서 평일을 살았다. 매주 월요일이면 나는 5일 치의 평상복과 속옷을 지고 상경해, 금요일 새벽 버스를 타고 인천으로 내려왔다.

솔직히 좋았다. 내가 세상에서 제일 열심히 살고 있는 것 같았다. 매일을 이렇게 보낸다면 분명히 멋진 인생을 살 수 있을 거라 확신했다. 그랬어야 했다.

"저 그만두려고요." 어느덧 열 번째 듣는 팀원의 퇴사 소식에 내 확신에도 조금씩 금이 가기 시작했다. 이렇게 사는 게 맞는 걸까. 나는 건강도 확신도 꾸준히 잃고 있었다. 결국 만 3년을 버티고 버티다 회사를 나오기로 결심했다.

절친한 지인들은 내 앞으로 삼삼오오 헤쳐 모여 말했다. "그래 거긴 좀 너무했어." "야, 잘 관뒀어. 마셔 마셔." 그간 기다렸던 위로들이 속속들이 도착했고 뒤이어 이런 말들이 연착했다.

"근데, 이직할 곳은 알아보고 퇴사한 거지?" 친구는 당연한 듯 물었다.

"어…" 나는 대답할 수 없었다.

며칠 전 회사 동료가 아이 선생님께 이런 말을 들었다고 했다.

"어머님, 어쩌죠. 혜진이가… 쉬는 시간에 공부를 안 해요."

"…네?" 놀란 동료는 지금 무슨 이야기를 들은 건지 알 수가 없어 잠시 벙쪘다. 선생님은 이해한다는 듯 고개를 끄덕였다. 그리고 설명했다. 쉬는 시간에 학원 숙제를 하는 것이 요즘 아이들의 문화라고. 선생님은 그 문화에 끼어들지 못하는 혜진이가 심히 걱정스럽다고 했다. 동료는 선생님의 걱정에 진심으로 감사하다 전하며 이렇게 답했다.

"그냥 쉬게 둬주세요. 쉬는 시간이잖아요."

그날 동료와 혜진이, 그리고 5년 전의 내가 느낀 감정은 아마도 비슷했을 것이다. 멈춤은 정지가 아닌 충전이라는 당연한 논리를 우린 자주 까먹는다. '쉬는 건 나중에 하면 돼. 다 끝내고 그때 가서 편히 쉬면 돼'라고 말하지만 알다시피 인생이란 도통 끝이 나질 않는다.

학교가 끝나면 직장이, 직장이 끝나면 가정이, 가정이 끝나면 육아가, 육아가 끝나면 노후가 우릴 기다리고 있다. 인생이란 뺑뺑이는 놀이터에 있던 것과는 많이 달라 아무리 기다려도 알아서 멈춰주질 않는다.

그래서 내가 멈춰야 한다. 멈춰 서 집에 가 저녁을 먹고 깨끗이 씻고 만화도 보고 늦지 않은 잠을 잔 뒤 다음 날 아침 또 올라타야 한다. 그러지 않으면 우린 다신 뺑뺑이에 오르고 싶어지지 않을 테니까.

오늘도 세상은 우리에게 조금 더 억척스러운 삶을 요구한다. 주 60시간으로는 제대로 된 사회생활을 영위할 수 없으니 120시간으로 늘리기를 원하고, 불굴의 마라

토너처럼 물 먹는 시간도 아껴가며 레이스를 완주하길 바란다. 그러나 삶이란 고작 5시간 안에 끝나는 42.195 킬로미터짜리 마라톤이 아닌 90년짜리 승부기에, 우린 역설적으로 90%로 사는 연습을 해야 한다. 적당한 열의로 꾸준히 살아내야 한다.

쉬어야 할 때 쉬지 않으면 정작 뛰어야 할 때 쉬게 된다. 그러니 다 쓰러져가는 나를 위해, 매일같이 지쳐 사는 나를 위해 부디 한 시간에 한 번쯤은 스스로에게 종을 울려주자. 어린 날의 학교처럼.

지금은 쉬라고.
지금 쉬지 않으면 분명 수업 시간에 졸 거라고.

요즘은 잘 자는 것도
능력이야

침대에만 누우면 가슴이 두근거린다.

잊고 살던 후회는 눈을 세게 감을수록 더 선명해지고
30분은 자책을 해야 마침표가 찍힌다. '이제 진짜 자자.
지금 자도 다섯 시간밖에 못 자.' 절박함에 몸을 뒤척여
보지만 잠자코 있던 분노가 조용히 말을 건다. "근데…
그때 그 새끼 진짜 너무하지 않았냐?"

…오늘 잠은 다 잤다.

어릴 땐 나름 잘 잤다. 수능 당일 늦잠으로 지각할 뻔한 우리 동네 유일의 고3으로 자타 공인 만수1동 잠자기 챔피언이었다. 하지만 그것도 다 옛말이 됐다. 이젠 자고 싶어도 잘 수가 없다. 도대체 뭐가 달라진 것일까. 오랜 시간 고민해봤지만 생각나는 답은 이것 하나밖에 없었다.

'언제부턴가 인생을 정말로 잘 살고 싶어졌다.'

서울에 자가를 보유한 사람이 되고 싶었다. 또래보다 능력 있는 직장인이 되고 싶었고 천재는 아니어도 교양만은 넉넉한 30대로 보이고 싶었다. 그래서 괴로웠다. 오늘은 언제나 부족한 나를 확인하는 과정이었기에 차마 내일로 넘어갈 수가 없었다. 내일은 오늘보다 조금 더 부족해진 내가 기다리고 있을 테니까.

하루는 지독히도 잠이 안 와 잘 자는 아내를 깨우고 물었다. "너는 잘 때 무슨 생각해?" 아내는 자다가 하는 헛소리치곤 신선하다는 표정으로 무시하려 했지만, 찜찜한지 이내 눈을 비비고 답했다.

　"생각…? 생각은 무슨 생각… 그냥 따뜻하다?"

　"…응?"

　순간 벙찐 나를 두고 아내는 다시 꿈나라로 달아났다. '따뜻하다'라… 근데 그건 생각이 아니라 감각에 가까운 거 아닌가?

　생각이 많은 사람일수록 오늘을 살지 못한다고 한다. 사람이 하는 생각이란 대부분 과거에 대한 후회나 미래에 대한 걱정이기에 생각이 많을수록 오늘을 떠나보내기가 힘들어진다고. 그런 이유로 많은 전문의들은 숙면을 위해 생각 좀 그만하라고 처방 노래를 부르지만 도통 그 방법만은 알려주지 않는다. 그때 아내의 말이 떠오른 것이다. "생각? 생각은 무슨 생각… 그냥 따뜻하다?"

그간 완벽한 해결책이 있으리라 생각했다. 내 불면을 한순간에 날려줄 위대한 생각만 떠올리면 지금의 문제도 다 해결될 거라 생각했다. 그러나 사실 생각을 없애기 위해 필요한 건 '더 완벽한 생각'이 아닌 '감각'이었다. 생각이 과거와 미래에 머무르는 시간이라면 감각은 온전히 현재를 느끼는 시간이니까.

'따뜻하다.' '벌써 봄이네.' 지금 이 순간을 느끼는 순간만큼은 생각을 잊을 수 있었다.

그렇기에 불면으로 고생하는 날, 우리가 자기 자신과 옆 사람에게 던져야 하는 질문은 이제 이렇게 바뀌어야 하지 않을까.

'자기 전 무슨 생각을 하나요?'가 아닌,

'자기 전 무엇을 감각하나요?'로.

무례한 사람들은
자신을 솔직하다고 소개한다

"네 글을 보면 밥맛이 떨어져."라고 말한 그는 자신이 너무 솔직한 사람이라 미안하다고 말했다.

그에게 예의란 거추장스러운 짐 같은 거라 자신은 직진만 하는 사람이라고. 그런데 어째서일까? 그의 솔직함은 유독 자신보다 약한 자들만을 향했다. 자기보다 강한 자들 앞에서 그는 유턴을 넘어 공중제비까지 돌았다. 그런 그에게 솔직하다는 말은 어울리지 않았다. 아마 이 정도의 말이 적합할 것이다.

　잔졸하다. 몹시 약하고 옹졸하다는 뜻으로, 이 말은 그에게 꼭 맞았다. 실제로 마음이 협소한 인간일수록 솔직함이라는 단어에 더 기대기 때문이다.

　"야, 난 솔직히 네가 이렇게 잘될 줄 몰랐다." "너 별로라는 애들 진짜 많았거든. 솔직히." 마음이 비루한 사람들은 솔직함이라는 단어를 무적의 방패 삼아 자신의 분노나 혐오, 질투 같은 감정들을 마구잡이로 배설했다.

　그래서 나는 자신을 솔직하다고 소개하는 사람치고 진짜로 솔직한 사람을 본 적이 없다. 대부분 마음이 아픈 사람들이었다.

　그도 마찬가지였다. 그는 지독히도 깊은 열등감에 시달리는 사람이었다. 그래서 타인의 지나가는 말 한마디에도 부글부글 마음이 끓었고 그걸 해소하기 위해 더 상스러운 단어를 내뱉으며 해장을 했다. 물론 솔직하다는 이유로. 그러나 지저분한 마음에 솔직함이라는 단어를 덧댄다고 냄새까지 사라지는 건 아니었다.

무례함과 솔직함의 차이 또한 거기에 있었다. 무례함은 타인을 상처 내는 데 쓰이지만 솔직함은 오히려 상처를 고백할 때 쓰였다. "솔직히 그거 누가 못하냐."라는 무례한 비난이 아니라, "요즘은 솔직히 네가 정말 부럽다."라고 말하는 바른 고백이 솔직함의 참모습이었던 것이다. 그런 의미에서 그는 끝까지 단 한 번도 솔직하지 못했다. 매 순간 나약했고 무례했다.

솔직함의 가치는 날이 갈수록 상승하고 있다. 모두가 솔직함이라는 단어를 방패 삼아 타인을 상처 내고 자신의 상처는 치사하게 숨긴다. 또한 친절한 사람들을 보며 위선자, 겁쟁이, 진짜 속마음마저 숨기는 겁보라고 격하한다. 그런데 과연 그럴까.

친절함이란 오히려 너저분한 속마음쯤은 스스로 정제

하고 웃을 줄 아는 단단한 태도다. 비겁해서 숨기고 웃는 것이 아니라 내 감정쯤은 스스로 책임질 수 있기에 웃는 것이다.

타인을 상처 냄으로써 내 상처를 치유하는 사람이 되고 싶지는 않다. 내 상처 따위는 오롯이 책임지며 웃고 말할 수 있는 사람이 되고 싶다.

부러운 건 부럽고, 아픈 건 아프다고 세련되게 고백할 수 있는 사람이.

불행은 견딜 수 있지만
'너보다' 불행한 건 싫어

"정신과 폐쇄 병동, 1020으로 가득 차…"

지난 2월 해당 기사를 처음 봤을 때 머리가 어찔했다. 상담이 아니라 폐쇄 병동? 이상했다. 삶에 치이고 치여야 간신히 얻을 중증 마음의 병을 요즘은 청춘부터 앓는 다는 소리였다. 내 청춘도 분명 힘들었다. 깨끗했던 속도 많이 썩었고 사람도 깊게 미워졌다. 그래도 저 정도는 아니었다. 무언가 잘못돼도 단단히 잘못됐다는 생각이 들었다.

　국민건강보험공단에 따르면 2022년 정신과 입원 환
자 중 22%가 1020 세대였다고 한다. 1만 3,000명이었
던 환자는 5년 만에 1만 7,000명으로 상승했고, 이는 전
연령대 중 가장 가파른 상승 폭이었다. 거기다 자해, 자
살 시도 역시 5년 전에 비해 각각 50% 이상 증가했다고
한다. 기사에는 1,500개가 넘는 댓글이 달렸다. 대부분
은 한 가지 문제로 귀결됐다.

　"미친 경쟁."

　생각해보면 지금의 10대는 넉넉잡아 다섯 살 때부터
경쟁을 시작했다. 한국어보다 영어의 중요성을 훨씬 더
빨리 깨친 세대로, 시도 때도 없이 바뀌는 커리큘럼에 언
제나 자신의 인생을 무력하게 끼워 맞췄다. 우정, 행복,
낭만. 이런 말랑말랑한 가치가 끼어들 자리가 이들의 인

생에는 없었다.

"지는 게 병신이지." 잘 짜인 조기교육은 아이들의 삶을 훨씬 더 빠르고 위태롭게 키워냈다.

그런데 그렇게까지 해서 청년들이 얻어야 했던 건 무엇일까. 행복일까. 단언컨대 아니었다. 이들은 단순히 행복한 삶이 아니라 '너보다' '걔보다', 혹은 '그보다' 행복한 삶을 원했다. 우위가 없는 행복은 이들에게는 쓸모가 없었다. 그건 증명할 수가 없으니까.

뭐, 여기까지는 30대 중반인 나와 크게 다를 바가 없을 것이다. 그러나 SNS 네이티브인 이들만이 가진 특성이 하나 더 있었다. 이들은 전 세계에서 가장 잘나가는 10대와 자신을 비교해야 했다.

'엄친아'라는 말을 기억하는 사람이 있을 것이다. 엄마 친구 아들의 준말로 20년 전 청년들의 비교 대상을 총칭하는 대명사였다. 나는 그 엄마 친구 아들조차 이길 수 없었다. 요즘 세대는 어떨까. 하루에 3억을 벌었다는 10대 가수와 200억에 회사를 매각했다는 20대 코딩 천재와, 태어난 지 하루 만에 1,000억 주식 보유자가 된 한 살짜리 상속자와 싸워 이길 수 있는 청년이 과연 존재는 할 수 있을까.

분명 승리가 행복이라고 배워왔는데. 세상은 점점 더 승리를 불가능하게 바꿨다. 미치지 않고서는 배길 수가 없었다.

2015년 중국의 한 교사는 이렇게 적힌 사직서를 제출하며 11년 교직 생활을 마무리했다고 한다. "세상이 그리 넓다는데, 제가 한번 가보지요." 그 사직서는 중국뿐만 아니라 한국 청년들의 가슴까지 뛰게 만들었다. 그러나 10년이 지난 지금, 우리는 딱 그 반대편에 서서 다짐을 해야 하지 않나 싶다.

"저는 이제 그만 우리 동네로 돌아가보겠습니다.

　스마트폰 화면 대신 베란다 창문으로 내 세계를 바라보려 합니다. 아이돌 스타의 하루 대신 우리 할머니의 저녁에 더 관심을 가질 거고요, 주소가 www가 아닌 인천시로 시작하는 동네에서 화면이 아닌 얼굴을 보며 작게 살겠습니다.

　거기서 잃어버린 행복을 되찾겠습니다."

어른에게도
어른이 필요해

"아빠 사기당했다."

　작년 6월 아빠는 주식 리딩방 사기를 당했다. 코로나 이후 전례 없이 좋았던 주식 시장이 폭락하면서 아빠의 마음도 동반 낙사했다. 그런데 하늘도 무심하시지. 바로 그때 아빠의 휴대폰을 크리스마스 종처럼 울린 것이다.

"[Web 발신] ○○○사 신약 개발 성공! FDA 승인 직전! 선생님께만…" 웬걸. 부활절을 알리는 소리였다.

아빠의 손은 떨렸다. 아닌 게 아니라 황당하지 않나. 옆집 개도 다 따는데 나만 잃는 세상이라니. 이제야 내 차례가 온 것이다, 라고 아빠는 생각했다. 아빠는 왜 그런 문자가 자신에게 발송된 것인지 몰랐다. 휴대폰 번호는 어디서 털린 건지, 그 잘난 주식 정보가 왜 하필 자신에게 '만' 배당된 건지. 평소 같으면 고민했을 당연한 문제들에 귀를 닫았다. 절박함이란 하늘이 내릴 수 있는 가장 중한 벌이라 하지 않던가. 결국 아빠는 문자에 적힌 번호로 전화를 걸어 말했다.

"거, 뭐 어떻게 하면 되는 겁니까?" 사람 좋은 사기꾼의 차례였다.

"네, 선생님 안녕하세요. 요즘 코로나로 많이 힘드시죠?" 무난한 시작이었다.

"안 그래도 손실률이 유독 큰 분들에 한에 보상 차원에서 저희가 이런 문자를 드리고 있어요. 노파심에 말씀 드리는데… 이거 어디 가서 절대 말씀하시면 안 됩니다. 가족들에게도 안 돼요! 오직 선생님께만 드리는 A급 혜택이에요. 네네, 그럼요. 그럼요. 어려우실 것 없습니다."

이제 본론이었다.

"한 주에 한 번 저희가 종목을 추천해드릴 텐데, 매수하랄 때 매수하시고 매도하랄 때 매도하시면 됩니다. 이 종목 한 번 검색해보실래요? 어때요.

…이쁘죠?

이런 게 한 주에 한 번씩 배당되는 겁니다. 계약금은, 일단 전화 끊지 마시고 이 세 가지만 불러주시겠어요? 신용카드 번호랑 CVC 번호… 그리고 카드 비밀번호."

장담컨대 따뜻한 오후였다고 한다. 봄과 여름 사이에 위치한 몇 안되는 절정의 날씨였다고. 그래서 아빠는 오랜만에 긴 낮잠을 잤고 8시 뉴스 헤드라인 소리에 깼다.

"가짜 투자 리딩방으로 생긴 피해액만 벌써 124억에 달하는…"

쿵쿵. 심장이 터졌다. 아닐 거야. 아니겠지. 아빠는 재빨리 진동 모드로 해놓은 휴대폰을 확인했다. 그 안에는 건조한 문자 한 통이 와 있었다.

"[Web 발신] ○○○ 데이터 솔루션 1,000,000원 승인." 아빠의 하늘은 무너졌다.

결론부터 말하자면 사기 금액은 100만 원에 그쳤다. 아빠를 개호구로 본 사기 일당은 다행히 당일 모든 금액을 체결하지 않았고 다음 날 아빠는 나와 함께 바로 신용

카드를 해지했다. 이후 수십 통의 협박 연락이 왔지만, 어쩌라고. 그때부턴 우리가 갑이었다. "응, 그렇게 좋으면 너나 해." 우리의 답이었다. 사건 종결 후 아빠에게 조심스럽게 물었다. "아빠 근데 이거 왜 하려고 한 거야?" 아빠의 답은 너무 순수해 눈물이 날 지경이었다.

"아니, 난 진짜 좋은 사람들인 줄 알았지…"

한 명의 어른은 하나의 도서관과 같다고 한다. 인생의 지혜는 세월의 깊이와 비례하기에 어른의 삶 속에는 돈 주고도 살 수 없는 철학이 많다는 의미다. 그러나 요즘은 도서관이 가장 느리다. 새로운 정보는 언제나 인터넷에서 시작되고 단물 다 빠진 뒤 뼈만 남을 때쯤 도서관에 도착한다. 그래서 요즘 어른들은 아는 것도 많지만 모르는 것 또한 너무 많다. 그날 아빠의 말이 유독 소년 같았던 이유다. 그런 연유로 알게 된 것이다.

내가 아빠의 아빠가 되어줘야 할 때도 있다는 걸.

   어른에게도 어른이 필요하다. 만 19세가 넘은 모두를 어른이라 공인하기에 세상은 너무 빠르고, 어렵다. 심지어 더 가파른 속도로 어려워질 것이다. 그렇기에 우린 서로가 서로의 어른이 되어줘야 한다. 다시 한 번 소년 같은 아빠가 될 기회를 줘야 하고 신입사원 같은 부장이 될 용기도 가져야 한다.

   어른이라는 이유로 모든 것을 책임지기에
   나는, 아빠는, 그리고 우리는
   여전히 너무 어리다.

불행의 깊이가
절박함을 증명하진 않는다

취업에 실패한 날, 예능을 보고 웃는 나를 보며 이렇게
말한 적이 있었다.

"네가 지금 웃을 때냐?"

한심하네. 염치도 없지. 이따위로 사니까 네가 떨어지
는 거야. 그 뒤로 해가 다시 뜰 때까지 나는 스스로를 재
우지도 않고 혹독한 정신교육을 진행했다. 그제야 인정
했다. 그래, 내가 이럴 때가 아니지.

"행복에도 자격이 필요하다." 그때 나는 그렇게 생각했다.

그런데 취업에 실패하면 언제까지 불행해야 하는 걸까. 보는 눈도 있으니 한 달 정도는 웃지 말아야 할까? 아니면 합격할 때까지는 절대 가부좌를 풀지 말아야 하나? 혹 조금 더 나이가 먹어 결혼에 실패한다면 어떨까. 그걸 넘어 부모님이나 아이가 아프다면? 나는 나에게서 얼마간의 웃음과 행복을 거세해야 할까. 1년이면 충분할까. 음… 그런데 이러면 내가 정말 실패해서 불행한 건 맞나?

그냥 실패하면 불행해야 한다고 생각하는 나 때문은 아닐까.

사람은 불행하면서도 행복할 수 있다. 원하는 목표에 실패한 날 치킨 한 마리를 뜯으며 "그래 이 맛에 살지."

라고 말하는 경우나, 아버지의 병실 앞에서 "아버지가 아프셔서 우리 형제들이 이렇게 다 모였네."라고 말하며 웃는 경우는 의외로 우리 인생에서 흔하다. 자연스러운 일이다. 뉴턴의 작용 반작용의 법칙처럼 강한 불행은 그만큼의 행복은 아니어도 적당량의 행복은 반드시 돌려준다. 그러나 우린 그걸 인위적으로 막는다.

"난 웃을 자격도 없어." 내 마음은 거기서 죽는다.

학창 시절 나는 진심으로 혼나는 '척'을 잘하는 아이였다. 야간 자율 학습을 쨴 날이나, 청소 시간에 농구를 하다 수업에 늦은 날이면 어김없이 진심으로 죄를 뉘우치는 표정을 지었다. 그렇게 한 시간, 아니 세 시간은 껌뻑 죽어 있었다. 선생님은 그런 나를 보며 '그래, 저게 반성하는 놈의 표정이지' 하며 흐뭇해하셨다.

그러나 나는 쉬는 시간만 되면 어김없이 친구들과 잘만 웃고 놀았다. 그때 나는 내가 잘못한 걸 모르지 않았다. 나는 그저 벌이 끝난 후의 인생까지 벌주지 않는 아이였을 뿐이다.

어느새 누군가가 대신 벌을 줄 수 있는 나이가 지났다. 고등학교 담임 선생님을 만나도 인생에 대해 논할 수 있는 나이가 됐고 작은 잘못조차 스스로 책임져야 하는 성인이 됐다. 그러나 나는 잘 혼나는 법은 배웠어도 제대로 벌주는 법은 아직 배우지 못했다.

그래서 그 옛날의 선생님들처럼 잘못을 했음에도 웃고 있진 않은지, 행복해하며 떠들지는 않는지 야물딱지게 감시를 했다. 심지어 퇴근도 하지 않고 쉬는 시간도 없이. 나는 내가 24시간 동안 불행하길 바랐다. 그러나 불행의 깊이가 절박함을 증명하진 않았다. 오랜 시간 깊이 우울해한다고 달라지는 건 조금 더 망가진 내 마음밖에 없었다.

요즘은 기록적인 실패를 해도 그냥 내가 웃게 둔다. 불행에 적정 기간 따윈 두지 않고 행복이 새 나올 틈도 기껏 메우지 않는다. 이따금 "네가 지금 이럴 때야?"라는 불호령이 떨어지기도 하지만, 뭐 어쩌라고. 실패해서 짜증 나 죽겠는데 웃지도 말라고?

나는 그저 다음 인생을 살 준비가 됐을 뿐이다. 실패는 슬프지만 오늘로 끝낼 것이다. 그게 내가 웃음으로 불행에게 보내는 신호다.

나는 이제 웃으며 다음을 살 것이다.
나는 오늘은 실패했지만, 내일은 웃으며 다시 시작할 것이다.

MBTI로 정의하기에
나는 너무 특별해

"너 MBTI가 뭐야?"

간만에 만난 술자리에선 어김없이 마주하게 되는 질
문이다. 그럴 때마다 "야, 그거 다 상술이야. 과학적인 근
거도 하나 없잖아."라고 따지지만, 곧이어 무적의 질문
을 만난다. "…너 T지?" 쩝. 할 말을 잃는다. 인정하기 싫
지만, 내가 정말로 T기는 해서.

MBTI, MZ세대, n포 세대, 혈액형 등등. 88만 원 세대부터 이어져온 이 유구한 단순화는 세상을 이해하는 명쾌함을 줬지만 그와 동시에 개인의 특성을 싸그리 지워버렸다. "내버려둬. 쟤 T라서 그래." "역시 MZ다, MZ." "어쩐지 AB형이라서 그런지 좀 쎄하더라." 개인의 특성을 피자 반죽처럼 뭉개고 뭉개 타인에 대한 진지한 이해를 무마시켰다. 슬프게도 자기 자신에 대한 이해마저도.

"제가 I라서 말을 잘 못해요." "A형이라 초면에는 낯을 좀 가립니다." 평소 같으면 문제를 느끼고 개선해볼 만한 특징들도 스스로 너무 쉽게 불가피로 낙인찍는다. 다차원적으로 이해하고 해결할 수 있는 상황들이 '대문자 I'라는 짧은 대명사로 너무 쉽게 정의되는 것이다.

88만 원 세대, MZ세대, INFP. 모두 저마다의 고유한 개성을 갖고 세상을 바라보는 개인들인데, 나도 남도 없이 결국 집단만 남는다.

"나라는 사람을 한 문장으로 표현한다면?"

　10년 전 대외활동 면접에서 받은 질문에 나는 스스로를 '박장대소 인간'이라 정의했다. 어떤 상황이든 크게 웃어넘기는 젊은 긍정이라고나 할까. 하지만 나는 그런 인간이 아니었다. 낙방시킨 면접관을 밤새 저주하는 지질한 인간임과 동시에 출근길 교통사고를 바라는 철없는 20대였다. 나는 매번 웃지도 못하지만 매번 울지도 않는, T도 I도 MZ도 꼰대도 될 수 있는 다채로운 빛의 무언가였다.

　나를 이해하는 것이 가장 중요한 시대라고들 한다. 기업들은 자신만의 특징을 정의할 줄 아는 지원자를 원하고 철학자들은 진정한 행복이 나를 아는 것에서 출발한다고 한다. 그래서 우린 명사들을 찾는다. 나도 남도 단순하게 이해하여 세상에 대한 불안감을 쉽게 지우려 한다.

하지만 그 단순함에 '이해'라는 말이 어울리는 것 같지는 않다.

20대 땐 자신을 명확히 정의할 줄 아는 선배들이 멋져 보였다. 하지만 그때 선배들의 나이가 어느새 까마득한 후배로 보이는 지금, 나는 스스로에 대한 궁금증을 잃지 않는 어른들이 멋지다. 여전히 나에 대해 잘 모르기에 무엇이든 될 수 있고 무엇이든 되려 하는 변화무쌍한 변덕쟁이들에게서 나는 멋을 느낀다.

우린 고작 몇 개의 단어들로 결코 정의될 수 없는,
개성 가득한 존재들이기에.

똑똑한 우울증보단
행복한 바보로 살래

똑똑한 우울증보단
행복한 바보로 살래

"넌 인생을 절반밖에 안 산 거야." 얼큰하게 취한 날, S는 말했다.

갑자기 웬 누룽지 귀 파먹는 소리인고 하니 사연이란 이랬다. S는 변호사 사무실 개업과 동시에 정말 별의별 상놈, 개놈, 잡놈, 미친놈을 다 만나고 다녔다고 한다. 형편상 되는 사건, 안 되는 사건을 가릴 수 있는 처지가 아니었던 S는 질 나쁜 사건을 참 많이도 만났다고. 한데 그

중에서도 정말로 충격적이었던 건 정작 S가 아닌 동료 K
의 사연이었다.

K는 전형적인 귀족 집안의 자제였다. 교양과 전통이
넘치는 집안의 막내아들로 인간 군상에 대한 이해도가
극히 적었다. 그런 K가 변호사가 되었다는 사실은 집안
의 경사이자, K의 악재였다.

"새벽에까지 전화하시면 어떡합니까."
"그건 지난번에도 안 된다고 말씀드렸잖아요…"

책에서 배워본 적 없는 인간의 진짜 찌질함과 악독함
에 K는 질릴 대로 질려버렸다. 그러다 그 일이 터졌다.
새벽 한 시였다.

지-잉. 어김없이 휴대폰이 떨었다. '의뢰인 ○○○' 또
그였다.

"네, 변호사 K입니다." K의 말엔 잘 익은 짜증이 잔뜩 배어 있었다.

"변호사님… 저 정말 죽을 것 같아요… 전 진짜 억울한데… 주변에선 이미 제가 개쓰레기가 됐어요… 난 진짜 아닌데. 너무 힘들어서 소송이고 뭐고 다 포기하고 싶어요…"

한 달. 새벽마다 걸려오는 30분짜리 통화는 잘 배운 변호사의 뇌를 녹이기에 충분했다. 당시 K가 들고 있는 사건만 총 60건이었다. 이젠 말해야 했다.

"○○ 씨 생각이 그러시다면 그래야죠. 힘드시면 그만 하셔도 됩니다." 지난 한 달 중 가장 차가웠던 K의 답변에 의뢰인은 잠깐 놀랐고, 곧 부드럽게 답했다.

"네, 변호사님. 늦은 시간에 죄송했습니다."

처음부터 이랬어야 했다. K는 진상 대책 매뉴얼을 또 하나 배웠다는 생각에 기분 좋게 잠들었고 의뢰인은 그날 자살했다.

'고소인 사망으로 사건 종결.' 장례 소식보다 빠르게 뛰어온 단어 뭉치에 K는 솔직히 생각했다. '…다행이다.' 60-1=59. 하나 줄어든 일의 숫자에 K는 안도했다. 그리고 연이어 찾아온 강렬한 경멸감에 가슴이 너무 뛰었다. 이건 내가 아니었다. 나는 이런 사람이 되려고 변호사가 된 게 아니었다. 결국 K는 며칠 뒤 사표를 제출했다. 이런 연유로 S는 나에게 말을 한 것이다. "넌 진짜 세상이 뭔지 몰라."

지식은 때때로 저주가 된다. 철학자는 인간에 대해 너무 많이 이해하다 정신병을 앓고 투자자는 돈을 극한까지 이해하여 세상이 숫자로 보인다. 세상과 인간에 대해 많이 알고 많이 겪는 것이 꼭 더 많은 행복으로 연결되는

것은 아니다. 죽기 전 인생에 대한 이해도를 두고 1등급
은 천국, 2등급은 올림포스, 6등급은 무간지옥. 이렇게
나뉘는 것은 아닐 테니까.

그래서 나는 될 수만 있다면 내 자식에게 더 많은 부와
더 많은 자산, 더 많은 욕심을 물려주기에 앞서 '적당한
무지'를 물려주고 싶다. 인생을 딱 절반만 알아서, 인간
을 너무 많이 미워하지도 세상에 대한 환멸을 너무 많이
느끼지도 않았으면 좋겠다. 몰라도 되는 것은 모를 수 있
는 적당한 안온함을 물려주고 싶다.

똑똑한 우울증보단 차라리 행복한 바보로 살았으면
좋겠다.
당신도, 나도.

노력은 정당한 보상을
받을 수 있을까

충주시 유튜버 김선태 주무관, 그러니까 충주맨은 지난
1월 1일 6급으로 초고속 승진했다.

이는 평균 대비 약 7년이나 빠른 속도로 그야말로 초
이례적 승진이었다. 소식을 듣자마자 생각했다. 오, 멋
지네. 진짜 열심히 했지. 맞아. 자격 있어. 근데, 정말 근
데… 배가 아파.

짜증이 났다. 그깟 축하 하나 못해서. 본 적도 없는 타인의 성공에까지 패배감을 느껴서. 무엇보다 부러워서. 이런 마음밖에 갖지 못하는 내가 너무 창피한데, 한편으로는 또 이해가 가서 안쓰러운, 복잡한 심정이었다.

그래도, 그래도 축하해주고 싶었다. 오랜만에 노력이 보상받은 일 아닌가. 그것도 연공서열 끝판왕인 공무원 조직에서. 어쩌면 그건 '아무리 열심히 노력해도 안 알아줘'라는 슬픈 체념에 대한 보기 좋은 반례였다.

노력이 미련해진 시대라고들 한다. 듣는 것만으로도 넌덜머리가 나서 노오력이라는 말로 바꿔 부르지 않곤 입에 가시가 돋는 시대라고 한다. 그런데 노력이 정말로 싫어진 건 아니다. 싫은 건 아무리 노력해도 달라질 것 없는 현실일 뿐이다. 우린 노력에 지친 것이 아니라 노력이 노력으로만 끝나는 현실에 지친 것이다.

나는 바로 그게 내가 그의 성공에 박수를 보내야 하는

이유라고 생각했다. 내 노력이 보상받기 위해선 남의 노력 역시 정당하게 보상받을 수 있어야 하니까. 당장에야 그의 성공이 너무 빛나 내가 조금 더 어두워 보일지 모르지만, 어찌 됐든 틈이 생긴 것 아닌가. 아직 내 차례의 희망이 오지 않았을 뿐이다.

희망 자체를 부정하고 싶진 않았다. 그게 나에게도 가장 최악의 일이었으니까. 희망이 없는 것보단 희망이 아직 오지 않았다고 생각하는 편이 더 좋았다. 나는 나를 위해 그렇게 생각하기로 했다.

그러니 뒷맛 좀 씁쓸해도 나는 그의 성공에 진심 어린 따봉을 보내기로 했다. 또 다른 타인의 성공에도 내 어두움을 주목하기보단 틈이 하나 더 생겼다는 것에 희망을 가지기로 했다. 다른 누구도 아닌 나를 위해, 타인의 성공에 박수를 보내기로 했다.

나는 아주 이기적이고 개인적인 마음으로 당신의 성

공을 응원하겠다.

　나를 위해. 내 노력 역시 올바르게 보상받게 될 날을
위해.

꾸준함이라는 이름의
재능

아내는 아파도 학교에 가서 아픈 사람이다.

35년 인생에 지각 한번 해본 적이 없다는 사람을 나는
아내를 제외하곤 만나보지 못했다. 고등학생 때는 체력
장 오래 달리기를 끝끝내 완주한 뒤 과호흡으로 실려 나
갔다고 한다. 말 다 했다.

아내에겐 변명이 없었다. 타고난 저질 체력임에도, 선
천적으로 아픈 곳이 많음에도, 그게 뭐? 아내는 자신의

위치에서 해야 할 일을 해냈다.

　솔직히 그런 아내가 좋진 않았다. 2010년즈음이었던 걸로 기억하는데, 사귄 후 처음으로 맞이하는 아내의 생일, 〈김정은의 초콜릿〉 방청 당첨 문자를 들고 뛰어온 내게 아내는 말했다.

　"오늘은 개강 후 첫 수업이라 못 가." 어?! 귀신이 씻나락을 까먹는 소리가 정말로 존재한다면 아마도 그런 소리였으리라. 아내는 못 알아듣는 내게 다시 한 번 맑은 딕션으로 답했다. "오늘은 한 학기의 수업 커리큘럼을 듣는 중요한 날이라 못 간다고." 꿈인가 싶었다.

　이후로도 비슷한 일이 많았다. 시험 기간이라. 끝내야 하는 업무가 있어서. 남들은 잘만 하는 흔한 핑계 한번 대지 않는 아내가 미웠다. 짜증 났다. 그러나 한편으로는 그런 아내가 멋있었다. 개근이라는 말이 조롱이 된 시대에서 아내는 하나 남은 천연기념물 같았다.

"할 수 있는 걸 안 하는 게 싫어." 아내는 점차 나에게 예쁜 것을 넘어 멋진 사람이 되어갔다.

가끔은 글 쓰는 일을 그만두고 싶다. 아니 솔직히 자주 때려치우고 싶다. 자극적이지도 효용적이지도 않은 내 글이 보이는 성과에 지쳐 이게 다 무슨 의미인가 싶다. 그럴 때마다 나는 바로 옆에서 자신의 길을 우직이 걸어가는 사람을 본다. 아내는 타인의 훈수를 귀담아듣지 않는다. 스스로 정한 일을 별다른 불평 없이 해낸다. 아쉬운 결과에 후회를 길게 하지 않는다.

아내는 미련해서가 아니라, 흔들리지 않기에 꾸준히 할 수 있다.

세상에는 메달이 없는 레이스가 더 많다. 누군가는 그딴 걸 왜 하냐고 묻고 또 누군가는 그래서 뭐가 남았냐고 따진다. 매 순간 효용을 증명해야 하는 세상이기에 우린 점점 더 아무것도 하지 않게 된다. 꾸준함을 미련함이라 비웃으며 묻는다. "그렇게 열심히 해서 남는 게 뭔데?" 정작 아무것도 남기지 못한 사람은 아무것도 하지 않은 너인데.

미련해서 꾸준한 게 아니라 흔들리지 않아서 꾸준할 수 있다. 무언가를 남겨야 해서 열심히 사는 것이 아니라 삶을 낭비하고 싶지 않기에 열심히 산다. 그렇기에 꾸준함이란 미련함이 아닌 단단함이다. 요란한 세상에서도 흔들리지 않고 내 삶을 사는 튼튼한 태도다.

무언가를 지속할 수 있다는 건,
생각 이상으로 단단한 마음을 갖고 있다는 증거다.

어떤 단점은 뒤집으면
능력이 된다

올 한 해 가장 즐겨본 연예인을 꼽으라면 단연 브라이언이다.

〈청소광〉이라는 컨셉도 신선했지만 무엇보다 풀파워로 예민한 게 좋았다. 원치 않던 지인의 방문에 반갑지 않음을 당당히 표하고, 동의 없이 집을 들추는 동료 연예인들에겐 시원시원하게 외쳤다. "I hate people!"

예민한 나로서는 대리만족을 느낀다. 예민함도 위트

가 될 수 있는 세상이라. 퍽 반가웠다. 그런 브라이언에게 오은영 박사님은 말했다.

"정신적 과잉활동 상태네요."

이른바 PESM(Personnes Encombrées de Surefficience Mentale). 생각이 꼬리에 꼬리를 물고 이어지는 통제 불능의 상태로 정신적 질환의 일종이라고 했다. …네? 당황스러웠다. 분명 같은 말과 같은 행동이었는데. 과한 예민과 청결은 어느 곳에서는 예능이, 또 어떤 곳에서는 질병이 됐다. 왜 이리 해석이 다를까. 며칠을 고민하다 이런 결론을 내렸다.

"아, 어떤 문제는 뒤집으면 능력이 된다."

정말이었다. 〈청소광〉과 〈오은영의 금쪽 상담소〉. 두 프로그램에서 보여지는 브라이언의 행실은 크게 다르지 않았다. 아니 같았다. 굳이 다른 점을 찾아본다면 비추는 조명의 위치랄까. 〈청소광〉에서는 예민함의 긍정적 측면을, 〈금쪽 상담소〉에서는 부정적 측면을 보다 굵게 비췄다. 같은 대상이어도 비추는 조명의 위치에 따라 다름은 틀림도 특별함도 될 수 있었다. 상대적인 것이었다.

사람의 얼굴은 조명의 위치에 따라 천차만별로 보인다. 뚜렷했던 턱선도 빛이 조금만 틀어지면 왕주걱턱으로 왜곡되고 귀여웠던 콧망울도 빛이 어긋나면 호박코로 변신한다. 성격이라고 다를까. 성격의 장단도 그 자체보단 그걸 비춰보는 나에 의해 결정된다.

성격은 동전의 양면처럼 장단이 붙어 있다. 예쁘게 놓인 양말 자수도 뒤집으면 괴물로 보이는 것처럼 내가 보고 신고 입고 뒤집는 방향에 따라 못난 성격 역시 얼마든지 예쁜 그림이 될 수 있었다.

그런 의미에서 우리의 단점을 뒤집으면 뭐가 나올까.

'부정적이다 ↔ 신중하다' '예민하다 ↔ 섬세하다' '성급하다 ↔ 추진력 있다' '냉정하다 ↔ 객관적이다' '겁이 많다 ↔ 안정적이다'

무엇이 되었든 생각보다 훨씬 더 근사한 면이 나타날지 모를 일이다.

세상에는 문제 삼지 않으면
문제가 되지 않는 것들이 더 많다

"너, 콜포비아란 말 알아?"

얼마 전 농구 학원에 문의 전화를 하려는데 덜컥 겁이
났다. 잠깐만, 근데 뭐부터 물어봐야 하지? 비용, 요일,
시간, 선생님, 그리고 또… 하나, 둘 메모장에 적고 통화
버튼을 다시 누르려는데, 웬걸. 여전히 심장이 뛰는 것이
아닌가?! 결국 잠시 망설이다 결정했다. '그냥 문자로 하
자.'

콜포비아(Call Phobia)란 쉽게 말해 타인과의 통화가 두려워지는 현상을 말한다. 가수 아이유 씨가 고백해 대중적으로 알려진 증상으로 주로 스마트폰에 익숙한 젊은 세대에게 나타나는 것이 특징이다. 그런데 왜 유독 젊은 세대에게 많이 나타날까? 통화보단 문자에 익숙해서? 물론 그것도 있겠지만 보다 근본적인 이유가 있을 것이라 생각한다. 예를 들면 이런 것이다.

우리 세대는 유독 '작은 실패'에 더 큰 수치심을 느낀다. '되'와 '돼' 같은 맞춤법을 틀린다거나 옆 나라의 수도가 어디인지 맞히지 못할 때 우린 상상 이상의 조롱을 만나게 된다. 회사 일도 비슷하다. 뜬구름 잡는 기획은 참아줄 수 있다. 말 그대로 신입이니까. 그런데 복사를 못하는 건 뭐랄까… 어딘가 급이 다른 한심함을 느끼게 한달까?

콜포비아, 소셜포비아, 발음하는 것조차 어려운 디다

스칼리아이노포비아(Didaskaleinophobia). 해마다 별의별 포비아가 출시되는 이유도 다 거기 있을 것이다. 남들은 잘만 하는 걸 나만 못할 때 우린 더 큰 자존감의 타격을 입기 때문이다. 모두가 모자란 건 해학이 되지만 나만 모자란 건 조롱이 된다. 그래서 우린 그럴듯한 포비아를 끊임없이 생산하며 말해왔다.

"넌 이상하거나 멍청한 게 아니야. 아픈 거야."

쩝. 물론 무작정 비난하는 것보다야 이쪽이 훨씬 더 낫겠지만 이것 역시 어딘가 꺼림칙하다. 내가 문제라는 인식은 변하지 않기 때문이다. 아니, 오히려 더 강해지기 때문이다. "난 병에 걸린 사람이라 그래." "아픈 걸 어떡해." 잘 살고 있던 나를 순식간에 치료가 필요한 사람으로 만들어버린다.

가만 보면 세상은 내가 아프길 원하는 것 같다. 콜포비아이길 바라고 번아웃이 오길 바라고 등교가 어려운 심약한 사람으로 지칭되길 바란다. 치료가 필요한 사람이라고 명명되는 순간, 내 단점은 오히려 보살핌의 이유로 둔갑하기 때문이다.

그러나 세상과 우리가 원하는 그 보살핌이 혹시 매 순간 조롱받을까 걱정하는 두려움에서 벗어나 편안히 살 수 있는 상태라면, 우리에게 필요한 건 더 정확하고 어려운 진단명이 아니다. '따뜻한 무관심'이다. 통화가 불편하다는 사람에게 정말로 필요한 건 콜포비아라는 감정 없는 진단명이 아니라, "그래? 그럼 문자로 하자."라는 다정한 무관심이기 때문이다.

세상에는 문제 삼지 않으면 문제가 되지 않는 것들이 더 많다. 우리가 병이라고 지칭하는 것들 중 대부분은 사는 데 지장 없는 성격이나 개성인 경우가 더 많고, 진짜로 치료가 필요한 건 오히려 그토록 작은 것조차 쉽게 넘어가지 않는 사회적 시선이다.

별것 아닌 것은 별것 아니게 돼야 한다.

늘려야 할 건 포비아가 아닌 성향이다.

우린 그렇게 많은 곳이 아프지 않다.

가끔은 폭력보다
무관심이 더 아프다

중학교 때 학교폭력을 당했다.

거창한 것은 아니고 교실 뒤편에서 같은 반 친구를 때리는 일진을 말리다 뺨 싸대기를 맞았다. 그 후로는 보디블로를. 또 며칠 뒤에는 라이벌 반과의 축구 시합에서 졌다는 이유로 열 명 전원이 일렬로 서서 로우킥을 맞았다.

이외에도 교실 문 앞에서 급식 반찬을 뺏기는 등의 자

잘한 폭력이 있었다. 그러나 그 안에 인생을 좌우할 만한 거대한 사건은 없었다. 그래서일까, 20년이 지난 지금도 내 머릿속을 차지하는 기억은 정작 나에 대한 것이 아니다.

청소 시간으로 기억한다. 평소처럼 청소를 마치고 자리에 앉아 있는데 교실 뒤편에서 날카롭게 뺨 때리는 소리가 급히 울렸다. 짝짝. 꼭 옷 찢어지는 소리처럼 고막을 뽀족하게 찔렀다. 피해자는 수학을 잘하던 J였다. 이유는… 없었다. 매번 그랬으니까. 다만 이질적인 것이 하나 있었다. 구타의 정도가 과했다는 것.

일진의 타격은 턱과 코처럼 영 좋지 않은 곳에만 족족 꽂혔다. 생전 처음 듣는 파열음에 나는 마취총을 맞은 소처럼 꼼짝을 못 했다. 일어서지도 앉지도 못한 어정쩡한 자세였다.

말리러 가야 했다. 아니면 일이 나도 단단히 날 것 같았다. 그런데 머릿속에선 자꾸만 현실적인 생각이 피어났다. 말리다가 내가 맞으면? 이번엔 귀싸대기로 끝나지 않을 것이다. 결국 구타는 J의 어금니 한쪽이 사물함 뒤로 날아가고 나서야 멈췄다. 그제야 나는 말리러 나갔다.

그날 J의 부모님과 교무실에서 조우하게 된 일진은 엉엉 울었다. 죄송하다고 다음부턴 절대 그러지 않겠다고 선처를 구했다. 정작 울어야 하는 건 J였는데. 일진은 J의 마지막 권리마저 빼앗아갔다.

'친구끼리 싸울 수도 있는 거지.' 사건은 2000년대 중반답게 그렇게 일단락되었다. 하지만 내 머릿속에서만큼은 20년째 주홍 글씨로 남아 나를 괴롭히고 있다. 죄목은 방관. 아직도 그날을 떠올리면 잠을 잘 수가 없다.

학교폭력의 진짜 무서움은 고통의 강도가 아닌 아무도 내 고통에 관심이 없다는 것에서 오는 적막함이라고 한다. 낼 수 있는 가장 큰 소리를 내고 잘 보이는 곳에 피멍울이 져도 사람들은 웃으면서 잘 산다. 내 폭력은 오직 나에게만 당연하지 않다.

뉴스에선 친구들끼리 합심해 "멈춰!"라고 크게 외쳐주라 말하지만, 그랬다면 외친 모두가 그날 로우킥을 맞았을 것이다. 학교폭력은 절대 피해자가 멈출 수 없다. 가해자도 멈추지 않는다. 〈더 글로리〉 연진의 말처럼 너는 그래도 되는 애고, 나는 이래도 되는 애니까.

요즘도 그날이 문득문득 떠오른다. 그때로 다시 되돌아갈 수 있다면 나는 어떻게 해야 했을까. 맞아 죽더라도 뜯어서 말렸어야 했을까. 날아간 어금니의 주인이 나였다면 속이라도 좀 편했을까. 모르겠다. 그때도 지금도 일어나고 있는 불합리한 폭력을 멈출 세련된 방법을. 2005년의 그날, 맞고 있던 친구를 바라보던 나를 의자에서 일으키게 할 묘안을.

잊지 않는 것밖에 할 수 없어서, 고작 그것밖에 할 일이 없어서 무력함을 느끼지만 그래도 매년 잊지 않으려고 노력한다.

가끔은 폭력보다 무관심이 더 아프니까.

행복한 가정은
부의 상징

2020년 기준 30대 미혼 비율은 42.5%라고 한다. 30대 남녀 100명 중 최소 42명은 결혼을 하지 않았다는 이야기. 모르긴 몰라도 4년 후인 지금은 아마도 50명에 육박할 것이다. 내 주변이라고 다를 것은 없었다. 절반이 조금 넘는 비율로 친구들은 결혼을 완성하지 못했고 그 이유는 대체로 하나로 수렴됐다.

"야, 돈이 없어."

꼭 돈이 많은 사람만이 결혼을 하는 것은 아니다. 그러나 적정한 경제력이 없이 결혼을 완성하는 사람을 적어도 내 주변에서는 보지 못했다. 말쑥한 아파트와 브랜드 있는 결혼반지가 최소한의 행복이 된 요즘, 일정 수준의 경제력은 필요충분조건을 넘어 핵심 그 자체가 되었다. 가족은 점점 더 부와 여유의 상징으로 변질되어 갔다. 나를 돌아봤다.

때는 바야흐로 27년 전인 1997년의 5월. 할머니와 할아버지를 포함한 우리 식구는 15평짜리 빌라에서 총 다섯 명이 빽빽이 살았다. 당시 초등학교 1학년이었던 나는 이후 22년이 지나 서른 살이 될 때까지 할머니, 할아버지와 함께 안방에서 잠을 잤다. 누나는 작은 방, 아빠는 보일러실 바로 옆에서 소음과 함께 삶을 보냈다. 그러나 내 인생이 불행하다 생각했던 적은 단연코 없었다.

초등학교 4학년 겨울밤, 할머니가 근처 하이마트에서

온풍기를 빌려온 날을 기억한다. 일단 한번 써보고 돈은 다음에 지불하겠다는 할머니의 강짜에 90년대 점원은 낭만 있게 오케이 사인을 보냈다.

느릿느릿 대가리가 돌아가는 그 온풍기가 너무나 따뜻했었다. 할머니, 누나, 나. 셋이 옹기종기 한 이불에 모여 대가리가 자기 쪽으로 오길 기다리던 그 가난한 밤이 끝나지 않길 바랐다. 사람이란 역설적으로 가장 추울 때 가장 따뜻해질 수 있었다. 물론 아쉽게도 온풍기는 다음 날 하이마트에 다시 돌려줘야 했지만.

이렇듯 당시만 해도 행복에는 개별성이란 것이 존재했다. 가난한 사람도 부유한 사람도 저마다 자신만의 행복한 줌쯤은 잃어버리지 않고 살았다. 행복은 신념과도 같아서 타인이 건들 수 없는 고유의 영역으로서 존재했다.

그러나 지금은 다르다. 모두가 공장에서 찍어낸 규격화된 행복만을 원하며 그 컨베이어 벨트에서 이탈한 인생은 각종 멸칭으로 멸시를 받는다. 다른 누구도 아닌 불행한 우리들에 의해서. 우린 서로의 행복을 야금야금 빼앗아 먹으며 근근이 살아가고 있다. 나만 불행한 건 아니라는 슬픈 위안을 덮고.

결국 마음가짐만 달리하면 행복해질 거라는 간질간질한 말로 이야기를 끝낼 생각은 없다. 사회 보장은 좀 더 디테일한 부분에서 이루어져야 하고, 혐오와 멸시를 퍼뜨리는 콘텐츠의 제작자들도 반성이 필요하다.

그러나 우리도 할 수 있는 일이 있지 않을까. 돈이 전부라는 단순한 논리에서 벗어날 힘이 아직 우리에게 남아 있다는 것을 나는 안다. 고작 20년 전만 해도 가난한 행복은 전설이 아닌 실제였으니까.

어린 시절 할머니는 말했다. 살다 보니 세상에서 젤로 힘든 게 성공이 아닌 만족이라고. 그때는 이해가 가지 않던 그 말이 이제 와 사무친다. 그 뜻을 좀 더 빨리 이해했으면 좋으련만. 어린 날의 나는 그저 흔한 자장가 중 하

나라고만 생각했다. 눈이 다 감길 때쯤 할머니는 더 작게
독백했다.

"그러니께 이담에 키가 훌쩍 자라도 너무 높은 곳만
보고 살지는 말어. 너는 위, 아래가 아니라 앞, 뒤를 보고
사는 거야. 네가 살아온 거, 그리고 살아갈 거. 그렇게 눈
을 돌려야 보이더라고.

내 인생에도 이쁜 것이 참 많았다는 게."

성공은 어렵다. 쉬운 건
성공이 쉽다는 말 한마디일 뿐

바야흐로 부모보다 가난한 첫 세대다.

　물가 상승은 월급의 상승폭을 가파르게 역전했고 직장의 안정성은 어느 시대보다 떨어졌다. 그럼에도 내일은 오늘보다 모든 면에서 우하향할 예정이라고 한다. 희망은 내일에 대한 기대에서 출발한다는데. 이제 우린 무슨 희망으로 살아야 할까.

　걱정 마라. 여기 이 시대의 불안을 종식시켜 줄 새로운 희망 단어가 출시되었으니. '월 1,000만 원, 경제적 자유, 불로소득' 희망 삼종 세트다.

월 1,000만 원과 경제적 자유, 그리고 불로소득. 요즘 시대에 이보다 더 달달한 단어가 있을까. '단시간에 거대한 부를 축적하고 그렇게 번 돈을 굴려 일하지 않아도 되는 시스템을 만든다'니! 어딘가 비정상적인 꿈처럼 들린다. 그래서 이 단어를 만든 사람들은 한 가지 매우 강력한 조건을 내걸었다.

"내 강의만 들으면 돼."

나쁜 강연자는 희망을 팔아서 돈을 번다. 자신의 커리어가 아닌 타인의 성공을 예시 삼아 인생 역전의 용이함을 말하고 외제차와 아파트, 큰 매출만을 강조하며 듣는 사람들의 생각을 마비시킨다.

그들은 절대 말하지 않는다. 경제적 자유와 불로소득

을 위해 얼마나 많은 젊음을 갈아야 하는지. 더러운 꼴은 또 얼마나 많이 견뎌야 하고, 그럼에도 불구하고 달성의 가능성은 얼마나 작은 바늘구멍 사이에 놓여 있는지. 절대 말해주지 않는다. 그건 안 팔리기 때문이다.

결국 강의 끝에 남은 것은 어물쩍 지나가버린 내 시간과 그 쉽다는 성공조차 하지 못해 무너진 내 자존감뿐이다. 강사들은 또 다른 강의를 팔러 갔다.

희망을 파는 것이 결코 나쁜 일은 아닐 것이다. 아니 솔직히 이로운 일에 가까울 것이다. 희망만큼 요즘 세상에 절실한 가치는 많지 않을 테니까. 그러나 '책임지지 못할' 희망을 파는 것은 악질 행위다. 타인의 인생을 담보로 자신의 지갑만 채우는 이기적인 행위다.

그래서 우린 좀 더 신중하게 희망을 사야 한다. 그 잘난 비법들을 왜 생면부지인 나에게만 이토록 쉽고 저렴하게 알려주려 하는지, 한 번쯤은 고민해봐야 한다. 단순

히 돈을 아끼기 위해서가 아니라 돈보다 더 소중한 것들
을 지키기 위해 그들을 의심해야 한다. 내 감정과 시간,
그리고 희망이다.

슬프지만 성공은 어렵다.
쉬운 건 성공이 쉽다는 말 한마디일 뿐이다.

인생에도 족보가 있다는 간편한 한마디에 쏟아붓기에
우리의 시간과 감정은 너무 소중하다.

지더라도 웃을 수 있는
이상한 관계, 가족

"너네는 결혼해야겠다."

연애 10년 차가 될 때쯤 어딜 가도 그런 이야기를 들었다. 스무 살부터 서른 살. 2009년부터 2019년. 어느새 서로에 대해 가족보다 많이 아는 관계가 되었기에 우리 역시 자연스럽게 생각했다. "그치. 우린 결혼해도 되겠다." 그리하여 2019년 1월, 우린 야심 차게 약지를 걸고 결혼을 약속했다. 그리고 결혼 준비

6개월 만에 생각했다.

"우리… 진짜 결혼할 수 있을까?"

결혼이란 한 사람과 비정상적으로 가까워지는 걸 의미한다. 일주일에 한 번 맛있는 음식을 먹고 카페에 들러 기분 좋게 바이바이 하는 관계가 아니라, 매일 아침 부은 얼굴을 보고 쌓여 있는 설거지 때문에 다투기도 하며 혼자만의 시간은 일탈이 되는, 그런 삶을 말한다.

연인이라는 멋들어진 단어로 감춰온 민낯들은 에누리 없이 적나라하게 공개된다. 도망가고 싶다는 생각도 자주 든다. 그러나 집에 갈 수는 없다. 거기가 우리 집이기 때문이다.

결혼 준비 초기 우리 역시 10년 치의 다툼보다 훨씬 더 많이 다퉜다. 전국시대 초기 왕들처럼 매일같이 난전을 벌이고 게릴라도 서슴지 않았다. 가구 때문에, 예식장 때문에, 예물 때문에, 심지어 침대 위치 때문에 우린 서로를 할퀴었다. 초장부터 지고 들어가면 안 된다는 철없는 생각 때문에 서로에게 낯부끄러운 강짜를 부렸다. 결국 보다 못한 아내가 말했다.

"그냥 너 원하는 대로 하자. 나는 너랑 같이 살면 뭐든 좋아." 당황스러웠다.

이러면 안 되는데. 결혼에도 승패가 있는 건데. 이렇게 쉽게 결판이 나면 안 되는 건데. 아내는 너무 쉽게 패배를 시인하고 백기를 들었다. 그러나 정말로 진 건 나 같았다. 나 뭐하고 있던 거냐. 순간 피가 차갑게 식어 눈앞의 전투가 모두 무의미해 보였다.

결혼은 서로가 서로의 땅을 따먹는 제로섬 게임이라고 생각했다. 그러나 실은 내가 100이 되면 오히려 패배하게 되는 모순적인 게임이었다. 그걸 알고부턴 오히려 마음이 편안해졌다. 우린 서로에게 기분 좋게 져주기로 했다.

   10년의 연애를 끝내고 결혼하던 순간 우린 진지하게 고민했다. 누군가와 평생을 함께한다는 건 어떤 의미일까. 협상일까, 거래일까, 사랑일까, 포기일까. 여전히 그 의미를 다 알기엔 부족하지만 누군가 꼭 답을 내려야 한다고 묻는다면 이렇게 정의해보고 싶다.

   서로가 서로를 위해 변하는 것이 나쁘지 않은 관계. '너를 위해'라는 말랑말랑한 이유로 나를 포기하는 게 싫지 않다면, 그런 사람이라면 평생을 함께 해도 괜찮을 것이다.

   나에게 있어 결혼이란, 가족이란
   기분 좋게 패배할 수 있는 게임이니까.

너무 잘하고 싶어지면
반대로 아무것도 시작할 수 없게 돼

나만 뒤처진 것 같은데 아무것도 안 한 지가 벌써 몇 년째다.

아직 한참 먹고 배우고 움직이고 익혀야 할 나이인데 무엇이든 움직이려고만 하면 이런 생각이 함께 일어났다. '근데, 이거 한다고 뭐가 달라질까?' 턱걸이 하나에 근육질이 될 수는 없는 노릇이건만. 오늘도 나는 철부지 소년처럼 헛된 기대를 품고 또 좌절한다. 결국 달라지는 것은 더 늘어진 뱃살과 생각밖에 없다.

　그런데 나 같은 사람이 나 혼자만인 것은 아닌지, 심리
학에서는 나 같은 인간들을 이렇게 정의한다고 한다.

　'게으른 완벽주의자.'

　게으른 완벽주의자의 특징은 간단하다. 뭘 하든 완벽
을 추구하기에 반대로 아무것도 시작할 수 없다. 잘하지
못할 바에는 차라리 내일로 미루는 것을 선택하고, 아무
것도 실패하지 않기 위해 결국 아무것도 시도하지 않는
다. 그래서 이 병은 슬픈 병이다. 문제를 몰라서가 아니
라 너무 잘 알아서 생기는 병이기 때문이다.

　마치 끊임없이 울리는 사이렌 속에서 사는 삶과 같달
까. 불을 꺼야 하는 건 알지만 내 힘으로는 끌 수 없을 것
같다는 두려움에 강하게 지배된다. 그래서 미루고 또 미
룬다. 이 거대한 불도 한 번에 소화시켜 줄 강력한 소방

차를 기다리지만 소방차는 절대 오지 않는다. 결국 커질 대로 커진 화재 앞에서 나는 부랴부랴 생수통을 붓거나, 될 대로 돼라 자포자기하며 타 죽는다. 그런 우리에게 심리학이 내리는 처방은 이렇다.

"너무 잘하고 싶어지면 반대로 아무것도 시작할 수 없게 돼."

다 알겠지만 우리 같은 인간들은 기본적으로 결승점이 눈앞에 보여야 그나마 뛴다. 풀코스 마라톤은 애초에 뛰려야 뛸 수가 없다. 우리에게 도전이란 다른 말로 불가능이기 때문이다.

반대로 우릴 움직이게 하는 것은 동네 한 바퀴, 집 앞 슈퍼 산책, 침대에서 일어나 냉장고 앞으로 가기처럼 포기 자체가 불가능한 작은 목표들이다. 그깟 걸로 뭐가 달라지겠냐 묻겠지만 우릴 몰라도 한참 모르고 하는 얘기

다. 우린 만만한 놈을 잡는 데만큼은 최적화된 놈들이
다. 정말이다.

우린 시작이 어렵지 끝을 맺지 못하는 놈들은 아니다.
일단 뭐든 시작만 하면 퍼펙트하게 끝내지 않고는 못 배
기는 성격이기에 시작만 하면 스스로를 멈출 줄 모른다.
정리하자면 이런 것이다.

우린 할 수 있는 일들로, 할 수 없는 것들을 해내는 사
람들이다.

완벽을 제거하는 순간 오히려 모든 것이 다 가능해지
는 모순덩어리의 인간. 그게 게으른 완벽주의자의 참모
습인 것이다.

그러니 오늘 하루도 무언가를 또 미루고 있을 게으른
완벽주의자들이여. 일단 눈앞에 보이는 것들 중 가장 비

실한 목표를 데려오자. 절대 질 수 없는 게임을 시작하자. 내가 당신들을 대신해 이렇게 외쳐주겠다. 준비…

땅!

자, 눈앞의 가장 만만한 놈을 쥐어 팰 시간이다.

모르는 것에는
질투를 느낄 수 없다

새로 뚫릴 지하철 출구의 위치가 우리 집 바로 옆 아파트로 결정 났을 때 배가 아파 이틀은 굴렀다.

　고작 500미터 간격으로 달라질 가격의 차이가 왜 그리도 눈에 선한지. 매일 밤 배알이 꼴려 도통 잠을 못 자겠다고 근처 구청에 가 호소를 할 뻔했다. 물론 잘 참았다.

질투와 열등감. 어쩌면 내 인생의 절반은 그 감정들이 만들었다 해도 과언이 아니다. 공부도 운동도 대인 관계도, 내가 좋아서 하기보단 남들을 이기기 위해 시작했다. "질투도 동력이야." 심리학자들의 말은 적어도 내 인생에서만큼은 사실이었다.

그런데 이건 좀 과하지 않은가. 학벌, 연봉, 회사, 직급, 집값, 위치, 인맥, 외모 등등. 어째 노력을 하면 할수록 질투할 대상이 더 늘어만 가는가. 왜 하늘은 나를 낳고 공명을, 주유를, 유비를, 조조를, 관우를… 아니 제기랄 뭐 이리도 많이 낳으셨는지. 원망스러웠다. 거기다 여기까지 말하면 꼭 나오는 조언이 하나 있었다.

'당신의 인생을 사세요. 남은 남이고 나는 나입니다.' 환장하겠다.

"하… 아뇨, 선생님. 저도 알죠. 누가 그걸 모르겠습니까. 근데 안 되는 걸 어쩝니까. 말이 나왔으니 하는 말인데, 그 말을 20년 넘게 외쳤는데 여태껏 나아지는 게 없다면, 아니 오히려 더 심해졌다면 제가 아니라 그 말에 문제가 있는 것 아니겠습니까?" 요즘 내 솔직한 심정이었다.

나는 내 질투심을 이겨낼 자신이 더 이상은 없다. 코인으로 인생이 피고 부동산으로 저 멀리 뛰어가는 친구들을 보며 "하지만 내 인생에는 나만의 행복이 있는 걸?(웃음)"이라고 말할 자신이 도저히 없다. 그래서 비겁하지만 내 해결책은 이렇다.

그냥 안 볼 거다. 내 마음의 건강을 위해 그들의 인생에서 과감히 눈을 돌릴 거다. 눈 감을 거다.

언젠가 드라마 〈응답하라 1988〉을 보며 저 시대의 사람들은 왜 저토록 행복해 보일까 고민해본 적이 있었다.

정이 넘쳐서, 마음이 넓어서. 다양한 이유가 있을 테지만 내 생각은 이렇다.

  '너무 많은 걸 보지 않아서다.'

  열아홉 살 래퍼가 한 달에 얼마를 버는지는커녕 당장 옆 동네 집값이 얼만지도 정확히 확인할 수 없었기에 우린 자신의 인생에 좀 더 집중할 수 있었다. 그렇다. 모르는 것에는 질투를 느낄 수 없다.

  우린 너무 많은 것에 질투를 느끼며 산다. 방금까지 맛있게 먹고 있던 떡볶이도 해외여행을 간 지인의 인스타그램 사진 한 장에 비루해진다. 한때는 그것조차 장작으로 삼아 나를 더 불태웠지만 솔직히 이젠 정말 꺼지기 일보 직전이다.

  그래서 비겁해도 할 수 없다. 나는 내 세계관을 줄일

것이다. 나를 병들게 하는 너에게서 도망칠 것이다. 너의 성공에서 눈을 돌리고 네 행복에도 무관심할 것이다. 이 풍진 세상에서 내 마음이 더는 상하지 않도록, 나는 너를 보지 않을 거다.

내 마음을 지키기 위해. 내 인생을 살기 위해.

공감에도
지능이 필요해

2024년 4월, 에버랜드의 마스코트 판다 푸바오가 중국
으로 떠났다.

약 4년간의 동거를 뒤로하고 떠나는 푸바오를 배웅하
는 자리에서 사람들은 장마처럼 울었다. 현장을 촬영한
영상은 즉시 실시간으로 퍼졌고 그와 동시에 마음껏 조
롱하는 댓글이 달렸다. 고백하자면 나도 다르지 않았다.

'동물한테 보내는 감정치고는 좀 과하지 않나?' 영상을 본 뒤 처음으로 든 내 감상이었다. 대성통곡을 하는 몇몇 팬들을 보며 솔직히 우월감에 젖었던 것 같다. 바보들. 그깟 판다가 뭐라고. 그들을 아래로 내려다보는 내 시선에 뭉근한 만족감을 느꼈다.

그러다 대뜸 한 가지 기억이 떠올랐다. 4년 전 지구 반대편의 농구 선수가 죽었다는 이유로 만 3일을 꼬박 초상집처럼 보낸 내 모습이었다.

새벽 한 시 정도로 기억한다. 자려고 누운 침대에서 우연히 본 부고 기사에 나는 생각보다 거대한 상실감을 느꼈다. 내 우상이 죽었다. 고작 마흔한 살에. 속보와 함께 찾아온 허망한 감정은 올라올 기미가 안 보였다. 하루 종일 관련 기사만 찾아다녔고, 빠진 얼은 좀처럼 들어가지 않았다.

이쯤에서 묻고 싶다. 도대체 내가 다른 게 뭘까. 다른 게 있다면 내 슬픔은 티브이에 나오지 않았다는 사실뿐 아닌가.

　그래서 공감은 단순한 감성을 넘어 지적 능력까지 필요한 영역이 되었다. 요즘 시대의 공감이란 전혀 다른 상황에서도 비슷한 경험과 감정을 유추할 수 있는, 꼼꼼한 이해가 필요한 능력이 됐기 때문이다.
　열렬히 응원하던 가수의 갑작스러운 은퇴와, 매일 같이 밥을 먹던 친구의 전학과, 뭐 하나 되는 게 없는 세상에서 그나마 웃을 일을 준 푸바오와의 이별은, 그다지 다르지 않다. 우린 다 같은 감정을 서로 다른 상황에서 겪고 있을 뿐이다.

　고작 2000년대만 해도 우린 모두 같은 것을 보며 자랐다. 같은 드라마를 봤고 같은 음악을 듣고, 같은 코미디를 보며 웃었다. 그러나 이젠 모두가 다른 경험을 하며 산다. 누군가는 이역만리 외국인들이 하는 공놀이에 미치고 누군가는 부질없어 보이는 일반인들의 연애 예능에 몰입하고, 또 누군가는 말 못 하는 판다를 보며 외로움을 해소한다. 틀린 건 없다. 그냥 다 다를 뿐이다.

이 와중에도 어떤 이는 타인의 취향을 무시하며 보기 흉한 우월에 젖겠지만(마치 나처럼), 사실 가장 저열한 지능의 소유자는 자기 세상밖에 없는 그 자신이다. '판다 한 마리가 뭐길래' 조롱하며 웃겠지만 그 잔인한 논리는 돌고 돌아 결국 나에게 돌아올 뿐이다.

배려 없는 조롱의 종착지는 지금 웃고 있는 나의 입 앞이다.

내 인생이 잘되길 바라는 건
의외로 나밖에 없다

S는 늦깎이 변호사다.

늦깎이 로스쿨 입학생이자 늦깎이 서울대생이다. S의 인생은 20대를 아득히 지나고 나서야 본격적으로 시작됐다. S는 스물두 살, 그러니까 입대하고도 1년이 지나서 수능을 다시 봐야겠다는 결심을 했다. 스물일곱 살에는 기껏 들어간 대기업에서 뒤늦게 자신의 꿈이 변호사였다는 것을 기억해냈다. 그때마다 사람들은 말했다.

"야, 꿈 깨. 늦었잖아." 가족들도 마찬가지였다.

뒤늦게 변호사가 되겠다는 S에게 어머니는 조심스럽
게 말했다. "송충이는 솔잎만 먹고 사는 거래잖니." S의
아버지도 밥 한술 거들었다. "머리 좀 잘 굴러가는 것 갖
고 유세 떨지 마라. 사람이 분수를 알아야지."
틀린 말은 아니었다. 가족들에게는 가족들만의 정답
이 있었다. 점프 좀 잘 뛰어봤자 결국 벼룩인 것을. 높이
뛰기 선수를 하겠다고 나서면 꼴사나운 법이었다. 때로
는 가장 가까운 사람이 가장 큰 적이 되었다.

그래서 S는 혼자가 되기로 했다. 절이 작으면 중이 떠
나야지. 그게 S의 답이었다.

생전 처음으로 자취를 시작한 S는 학비 마련을 위해

고물 자전거로 배민 라이더를 시작했다. 그리곤 며칠 뒤 돌부리에 걸려 코가 깨졌다. 변호사 시험을 준비하던 도중에는 폐차 직전의 어머니 차를 운전하다 뒤차에 치여 기절을 했다. 기절한 자신의 따귀를 후려갈기는 주변 사람들을 보며 S는 다시 한 번 가족들의 말이 떠올랐다.

"꿈 깨. 송충이는 솔잎만 먹고 사는 거야." S는 벌떡 일어나 폐차 직전의 차를 끌고 달리고 또 달렸다.

그 뒤로도 건강검진에서 심장병이 있다는 소식을 듣고 체력을 기르기 위해 농구를 하다 손가락이 부러졌지만, S는 멈추지 않았다. 도전이나 열정. 그딴 멋진 단어들 때문이 아니었다. 씨발. 내가 해낸다. S는 자신이 옳다는 것을 증명하기 위해 악으로 깡으로 세상에 덤볐다. 그 안에 청춘 드라마는 없었다.

결국 10년이 지나 S가 도착한 곳은, 서울대 건축학과

출신의 30대 초반 변호사. 사람들은 이제 S가 멋져 보였다. 시샘하는 사람들이 여전히 존재했지만, 적어도 S가 실패할 거라 말하는 사람들은 더 이상 없었다.

13년 전, S는 자신의 첫 도전을 나무라는 가족들이 원망스러웠다고 했다. 재정적인 지원은커녕 그 흔한 응원 한마디 해주지 않은 주변 사람들에게 속칭 삔또가 상해도 단단히 상해 연을 끊어버리고 싶었다고 말했다. 거창하게 출가했지만 S 역시 불안했기 때문이다. 나도 못 믿는 나를 남들만은 믿어주길 바랐다. 그러나 믿음이란 건 그렇게 생기는 게 아니었다.

S가 진심으로 자신을 믿게 된 순간은 의외로 주변의 응원을 마음껏 받은 순간이 아니라, 처음으로 학교 쪽지 시험에서 만점을 받아냈던 순간이었기 때문이다. 믿음이란 결국 받은 응원의 양이 아닌 해낸 성공들의 합이었다. 그게 아무리 작을지라도.

요즘도 S는 주변에서 하지 말라고 하는 도전들만 이어 가고 있다. 번듯한 로펌과 사내 변호사는 정중히 사양하고 혼자 개업하는 쪽을 선택했다. 자신을 팔기 위한 낯부끄러운 마케팅도 서슴없이 진행했다.

그때마다 사람들은 또 안 된다고 늦었다고 말했지만, S는 귀를 막고 자신의 과거 중 하나를 꺼내온다. 자신이 가진 똑똑한 머리로 가족들조차 까맣게 잊은 과거로 돌아가 작은 성공들을 몰래 찾아온다. 그리고 다짐한다.

"할 수 있어.
그때처럼."

제4장

어른의 행복은 조용하다

서른다섯이
젊은 나이는 아니잖아요

어릴 땐 모든 걸 물어볼 수 있어서 정말 좋았다.

 "쌤, 저 여기서 막혔어요." "형 저 이것 좀 알려주시면 안 돼요?" "아빠 4×4가 뭐예요?" 어리다는 이유로 거의 모든 것에 대한 무지가 용서되었기에 나는 그게 영원히 갈 줄 착각했다.

 나는 서른다섯 먹고도 주식 하나 매수할 줄 몰랐다. 포

토샵은 검색을 해야 겨우 네모칸을 만들 수 있었다. 초등학생도 만들 줄 아는 쇼츠는 시작하기도 전에 포기했다. 어느새 어엿한 어른으로 평가받을 나이가 되었건만 나는 여전히 철부지 열다섯 살이었다. 그러나 주변 어디에도 물어볼 수 없었다.

"그 나이 먹고 그것도 몰라?" 그 한마디가 두려웠기 때문이다. 문득 중학생 때 할아버지가 나를 붙잡고 하신 말이 떠올랐다.

"태수야, 여 티비가 안 나온다."

열불이 났다. 외부입력은 전원 버튼이 아니라고 그렇게 말했건만. 할아버지는 매일같이 그걸 누르고 나를 또 처음처럼 불렀다. 티브이가 안 나온다고. 이것 좀 고쳐달라고. 뱃속이 부글부글 끓었다.

그런데 도대체 외부입력 버튼을 빨간색으로 만든 건 어떤 정신 나간 놈의 아이디어일까. 아니 것보다 뻔히 외부입력이라고 써 있는 버튼을 누르는 우리 할아버지의 심리는 뭐지. 나는 한껏 인상을 쓴 채로 그날도 다음 날도 할아버지에게 말했다. 제발 좀 빨간색 말고, 초록색을 누르라고. 그땐 내 차례가 이리도 빨리 올 줄 몰랐다.

비트코인 매수하는 법. 쇼츠 영상 만드는 법. 챗 지피티 사용하는 법. 세상은 당장 오늘도 나에게서 빠르게 달아나고 있다. 리모컨에 채 적응하기도 전에 스마트폰을 맞이해야 했던 우리 할아버지처럼 나는 직장에서도 일상에서도 기술과 차츰 멀어지고 있다.

"인과응보다 이 썩을 놈아." 할아버지가 살아계셨다면 아마도 그렇게 말하셨겠지. 할 말이 없었다. 맞는 얘기니까. 나는 할아버지가 돌아가신 지 어언 7년이 지나고 나서야 나의 박정함을 깨달았다. 사람은 겪지 못한 것은 알지 못했다.

배려받고 싶다. 도움받고 싶다. 그러나 내가 내 가족에게조차 하지 않은 것을 남에게 바랄 수는 없다. 배려받을 염치가 없기에 나는 배울 수밖에 없다는 것을 잘 안다. 그래서 창피하지만 오늘도 직장을 피해, 지인을 피해 저기 먼 외딴 카페에 홀로 가 검색을 해본다.

"왕초보 쇼츠 영상 만드는 법"

배려도 배움도 받을 수 없던 그때의 할아버지가 요즘은 자주 생각난다.

가끔은 말 없는 위로가
나를 더 위로한다

만화 〈파이어 펀치〉의 주인공 아그니는 죽고 싶어도 죽을 수 없는 몸이다.

팔이 잘려도 3초면 재생이 되고 총알이 머리통을 뚫어도 잠깐 정신을 잃을 뿐 문제없이 일어난다. 사람들은 그를 재생 '축복자'라 불렀다. 어떤 역경이 와도 절대 죽지 않는다고. 사실 그는 죽고 싶었는데. 물론 그에게도 살아야 할 이유는 있었다. 하나뿐인 동생. 아그니는 동생만 보며 살았다. 아니 버텼다.

　그런 동생이 아그니의 눈앞에서 불타 죽은 것은 며칠 뒤의 일이었다. 옆 나라 제국 병사의 짓이었다. 그는 어쩐지 불길한 곳이라며 마을을 통째로 불태웠고 오직 아그니만이 죽을 수 없었다. 동생도, 이웃도 다 죽었다. 병사는 아그니를 보며 웃고 있었다.
　아그니는 이젠 정말 죽고 싶었다. 꿈도 희망도 행복도, 하나뿐인 동생도 없는 이 현실을 이제 그만 떠나고 싶었다. 하지만 동생의 마지막 한마디가 걸렸다.

　"살아요. 오빠."

　그 후로 이어진 아그니의 삶은 지옥이었다. 먹을 게 없어진 시대였기에 서로가 서로를 죽여 입을 줄였다. 처음이자 마지막으로 생긴 친구는 자신을 살리려다 또 눈앞에서 죽었다. 아그니의 정신은 그야말로 박살이 났다. 이젠 눈앞의 광경이 삶인지 꿈인지 구분이 안 되는 지경이 되었고 그 속에서 동생의 환영이 보였다. 아그니는 동생을 보며 조심스럽게 말했다.

"왜 나한테 살라고… 그런 지독한 말을 한 거야…"

어떤 위로는 저주가 된다. 이 만화를 두 번 읽고 든 생각이었다. "야 그냥 살아." "너만 힘들어?" "다 그렇게 사는 거야." 힘들다는 친구에게 건넨 내 무책임한 위로들이 떠올랐고, 그 위로에 또 자신을 탓했을 그들의 모습에 염치없이 내 마음이 먼저 무너졌다.

나는 소중한 사람들에게 위로가 아닌 저주를 내렸다. 그것도 '다 널 위해서야'라는 명목으로. 너무 가벼워서 조심해야 하는 것이 있었는데, 그땐 그걸 몰랐다. 말이었다.

그래서 사람에겐 때때로 말 없는 위로가 필요하다. 몇

마디 따끔한 말로 구성된 무정한 위로보다 너의 상처를
이해하고 있다는 깊은 끄덕임과, 진심으로 네 말에 공감
하고 있다는 눈 마주침이 우리에겐 훨씬 더 절실할 때가
있다. 아니, 많다.

　나는 이제 내 사람들을 그렇게 위로해주고 싶다.

　"살아"라는 무책임한 한마디가 아니라,
　살아볼 만한 하루를 같이 만들어보고 싶다.

어른의 행복은
조용하다

아무 일도 없이 하루가 지났다.

아침 지하철은 늦지 않고 역에 도착했고 회사 일은 별다른 이슈 없이 여느 때처럼 순탄하게 지나갔다. 덥지도 춥지도 않은 무난한 날씨에 야근 없이 집에 도착한 날. 그런 날이면 문득 나도 모르게 생각하게 된다.

"아… 행복하구만."

조용한 게 좋다. 심심한 건 편안하다. 나른한 건 안정적이다. 짜릿함은 여전히 즐겁지만, 뭐랄까. 조금 피곤하다. 예상치 못한 일은 이제 기쁜 이벤트가 아닌 새로운 숙제다. 어제와 같은 하루가 나쁘지 않다. 즐거워할 일은 없지만 실망할 일도 없는 이 일상에 감사하게 된다. 나도 이제 어른이 다 됐나 보다.

"태수 별일 없지?" 간만에 전화를 걸면 할머니는 꼭 이렇게 물어보셨다. "바로 일주일 전에 통화했는데 무슨 일이 생겨. 아무 일도 없어." 어릴 땐 자랑할 일 하나 없는 내 하루들이 괜히 창피해서 불쑥 화를 내기도 했지만, 이제는 편안히 답한다.

"응, 다행히 별일 없지." 정말 다행이다. 나와 내 가족과 연인과 친구에게 별일 없는 하루가 이어져서.

어른의 행복은 조용하다. 짜릿함보다는 안도감에, 특

별함보단 일상적임에 더 가깝다. 아무 탈 없이 일할 수 있어서, 아픈 곳 없이 가족과 통화할 수 있어서, 희망은 없어도 절망도 없이 내일을 또 살아갈 수 있어서 행복할 수 있는 게 지금의 내 삶이다. 누군가는 그토록 조용한 인생에서도 행복을 발견할 수 있냐고 묻겠지만, 물론.

조용함은 웃을 일이 없는 상태가 아니라 울 일이 없는 상태니까. 기쁜 일이 없는 하루가 아니라 나쁜 일이 없는 하루니까.

아무 일도 없이 지나간 이 조용한 하루들은
우리 인생의 공백이 아닌,
여백이니까.

귀여움은 모든 것을 이겨버린다.
스트레스마저도

고양이 한 마리를 키우는 데 한 달 평균 10만 원이 소요
된다.

사료, 화장실 모래, 간식과 그 밖의 사냥 용품 등등. 집
고양이의 평균 수명을 따졌을 때 우린 15년간 약 2,000
만 원의 비용을 지출하게 된다. 적지 않은 비용이다. 내
주변 유부남들의 한 달 평균 용돈이 30만 원인 것을 감
안했을 때 솔직히 많은 비용이다. 그렇기에 잔인하게도

이런 질문이 뒤따를 수밖에 없다.

'고양이가 그만큼의 밥값을 해?'
입에 담기도 참혹한 질문. 나는 그 질문에 이렇게 답하고 싶다. "네, 너무요." 어떻게? "귀여움으로!"

진화학자들에 따르면 인류는 시간이 지날수록 더 귀여워지는 쪽으로 진화했다고 한다. 구강의 돌출 정도를 줄이고 얼굴의 크기 또한 최대한으로 축소해 아이일 때의 모습을 유지하는 쪽으로 진화했다고. 이유야 간단했다.
"나 이렇게 조그맣고 깜찍한데 죽일 거야?" 우린 귀여운 생명체를 죽일 수 없기 때문이다. 그래서 살아남은 것들은 다 귀여운 것들이다. 맹수들의 새끼조차 아기일 때는 모두 천사다. 생존이란 관점에서 귀여움이란, 천하무적의 창이다.

그런데 요즘 우리의 생존을 위해 스스로 '귀여워지는

것'보다 훨씬 더 중요한 것이 하나 있다고 한다. 바로 '귀여운 것을 보는 것'이다. 왜 그럴까. 요즘 사회에서 나를 죽이는 것은 남이 아닌 나 자신이기 때문이다.

끝도 없이 타인과 비교하며 자신에게 폭언을 퍼붓고, 뒤처지면 안 된다는 불안 때문에 스스로를 재우지 않는 우리의 마음은 늘 긴장과 스트레스로 가득하다. 그 불꽃 같은 마음마저 살기 좋은 온도로 식혀낼 수 있는 거의 유일한 것이, 바로 귀여운 것들이다.

허튼소리가 아니다. 실제로 갓난아기의 웃는 모습을 볼 때 우리의 스트레스 지수는 급격히 떨어진다. 이른바 고양이의 골골송을 들으면 심박수가 안정권을 되찾는 것 역시 흔히 아는 사실이다.

극심한 자극들로 뒤덮인 유튜브에서조차 귀여운 것들이 생존을 넘어 군림하는 이유도 다 이런 것들 때문이다. 우린 본능적으로 귀여운 것들을 찾고 있다. 나를 죽이고 싶을 만큼의 강한 스트레스도 귀여운 것들 앞에서는 쉬이 보송해지니까.

가족이 가족을 위로하기도 힘든 세상이다. 서로에 대한 위로는커녕 서로의 불행을 바라지나 않으면 다행인 세상이다. 그런 약육강식의 세상에서 내 마음을 지키는 것은 여간 벅찬 일이 아닐 것이다. 그럴 때 속는 셈치고 귀여운 것을 한번 찾아보자. 고양이든 수달이든 아이든 캐릭터든. 뭐든 좋으니 귀여움이라는 강력한 무기로 경직된 내 마음을 녹이는 그 작은 것들을 찾아가자.

귀여움은 모든 것을 이겨버리니까. 스트레스마저도.

기록되지 않은 기억은
추억이 될 수 없다

2019년 6월 대만으로 떠난 3박 4일의 여행 동안 아내와
나는 약 500장의 사진과 영상을 찍었다.

"그만 좀 찍자…"라는 내 불만에, 아내는 "에? 아직 몇
장 찍지도 않았는데?"라고 답했다. 한숨이 나왔다. 아내
는 아그작 볼을 씹으며 말했다.

"뭘 모르나 본데, 나는 진짜 사진 별로 안 찍는 사람이
야. 네가 정말 많이 찍는 애들을 못 봐서 그래." 말이 끝

나기 무섭게 아내는 다시 카메라를 들었다. 잔소리 말고 자세나 취하란 얘기였다. 나는 브이와 따봉, 둘밖에 없는 포즈 중 하나를 골라 또 억지로 웃어본다.

　이틀째 되던 날은 지하철 라커에 가방을 놓고 숙소에 와 황망해하고 있는데, 아내가 휴대폰을 켜며 말했다.
　"장태수 씨 지금 기분이 어떠시죠?" 제정신인가 싶었다. 쪄 죽겠는 더위에 30분 거리의 지하철. 그리고 그 모든 걸 백스텝으로 중계하며 웃고 있는 아내. 나도 모르게 생각했다. '이번 여행은 망했다.' 그땐 몰랐다. 그 영상이 3년이 지나 우리의 최애 추억 중 하나가 될 줄은.

　나는 사진을 좋아하지 않았다. 아니 싫어했다. 사진 찍을 시간에 뭐 하나라도 눈에 더 담아야 옳게 된 여행이라 여겼고 추억이란 볼 때가 아니라 떠올릴 때 더 깊은 맛이 난다고 꼿꼿하게 강론했다. 오산이었다. 젊든 늙든 우리의 뇌는 생각보다 많은 추억을 남겨주지 않았다.

초등학교 6학년 경주 수학여행 중 친구들과 레쓰비 캔 커피를 따 마시며 인생 참 쓰다고 말한 기억을 되돌려준 것도 다 사진이었다.

기록되지 않은 기억은 생각보다 더 추억으로 남지 못했다. 저화질로 풍화되어 내 머릿속 어딘가를 둥둥 유영하고 있을 뿐, 절대 인화되지 않았다. 그래서 나이가 들면 지갑만큼이나 카메라를 잘 열어야 했다. 늙어서 돈이 없는 것만큼 서러운 게 추억이 없는 것이었으니까.

그런 의미에서 2023년의 5월, 나는 전례 없는 큰 용기를 냈다. 생전 처음으로 할머니에게 함께 사진을 찍자고 말해본 것이다. 할머니는 심드렁히 답했다.

"다 늙어서 사진은 무슨 사진. 할미 얼굴 좀 봐라. 어휴, 숭하다 숭해." 퉁퉁 불어 터진 말과 달리 속내는 그다지 싫지 않은 눈치였다. 나는 손사래를 치는 할머니를 소파에 앉혀놓고 필터로 입술을 발라주고 분칠을 하고 턱도 깎아주었다. 그리고 말했다.

"할머니 이거 봐, 이쁘잖아." 할머니는 화면을 한참 봤다. 그리곤,

"뭐가 이쁘냐, 무섭다. 무서워."라고 말하며 손가락으론 브이를 했다. 귀엽긴. 그 찰나를 놓칠세라 나는 살포시 어깨동무를 하며 말했다.

"자, 찍습니다. 하나, 둘, 셋!"

찰칵.

2023년 5월 18일.

그날 우린 특별히 기억될 추억을 하나 더 만들었다.

사람을 싫어해도
괜찮아

"사람을 싫어해도 괜찮아"라는 걸 배우기까지 꽤 오래 걸렸다.

고작 10년 전만 해도 사람을 싫어하는 데는 꽤 큰 용기가 필요했다. 끊기보다는 맺기가 더 각광받았고 피치 못할 이유로 관계가 끊어지면 설사 피해자라도 불편한 마음을 가져야 했다. 모두의 합의가 이루어진 악인을 제외하면, 우린 사람을 싫어할 수 없었다. 정확히는 표현할 수 없었다.

　'일단 한번 잘 지내봐.'
　'좋은 점도 분명 있겠지.'
　'아니면, 혹시 네가 문제인 건 아니야?'

　예상컨대 이런 말들 때문이었을 것이다. 이런 유형의
조언들은 대체로 나를 위한 것이라는 말로 포장되었기
에 손쉽게 떨쳐낼 수 없었다. 나도 마찬가지였다. 그와
맞지 않는다는 확신을 애써 거부하며 내가 이상한 거라
고 버텼다. 뇌관이 터진 것은 서른 살즈음의 일이었다.

　친구는 타인의 불행을 즐기는 사람이었다. 날이 밝아
도 그림자에 더 집착하는 타입으로 합리적임과 부정적
임을 구분할 줄 모르는 사람이었다. 친구와 함께 있으면
잘 가꾼 기분조차 순식간에 콱 하고 잡쳐졌다.
　그럼에도 나는 아주 웃긴 이유로 친구를 놓지 못했는

데, '고등학교 때 친구가 평생 친구야'라는 출처불명의 속담 때문이었다. 그러나 언제나 그렇듯 일어날 일은 일어난다.

"야 난 진심 네가 망할 줄 알았다." 그날따라 걸쭉하게 취한 친구는 평소보다도 입이 더 걸었다.

"어?" 나는 마땅한 대답을 찾지 못했다.

"아니, 글찮아. 말만 번지르르. 그러다 제대로 고꾸라질 줄 알았는데… 아, 부럽단 소리야."

솔직히 화도 안 났다. 그저 올 게 왔다는 느낌이랄까. 간신히 이어가던 관계의 생명력이 쩍 하고 쪼개지는 느낌에 조금은 슬펐고, 조금은 후련했다. 그날도 우린 웃으며 헤어졌다. 그리고 적어도 지금까지는 보지 않았다.

생각해보면 관계는 꼭 발효식품 같았다. 모든 발효식품이 으레 그렇듯 시간이 지날수록 대체로 풍미 좋게 익

어갔지만, 한번 썩어버리면 어떤 음식보다도 더 고약한 악취가 났다. 추억이라는 방부제를 아무리 쳐봐도 이미 썩은 관계 위에 핀 곰팡이는 사라지지 않았다. 붙잡을수록 더 괴로워지기만 했다. 인간관계에도 유통기한이 있었는데. 그땐 그걸 몰랐다.

그것도 어느덧 3년 전의 일이다. 그 사이에도 나는 또 누군가와 맞지 않음을 인정해야 했고 오래됨이라는 이유로 끊긴 관계를 지속하지 않았다. 대신 더 소중한 사람들에게 남은 감정과 시간을 담뿍 쏟았다. 미워할 것은 미워하고 소중한 것에 더 집중하는 것이 어른의 관계라는 것을 이제야 나는 안다.

때로는 소유하지 못한 고통보다 소유하는 불편함이 더 크다. 그 말처럼 빗금 쳐진 관계까지 끌어안으려다 소중한 마음까지 다치지는 않을 것이다. 놓아줄 것은 놓아주고 소중한 것에 더 집중하는 성숙함을 배울 것이다.

사람을 싫어해도 괜찮다. 소중한 것을 더 좋아하기 위해서.

사랑은 일탈이 아니라
일상을 주는 거야

어린 시절 할머니는 겨울만 되면 붕어빵을 사 오셨다.

"할아버지 없을 때 얼른 먹어." 소곤소곤. 우리 둘밖에 없는 집에서 할머니는 조용한 소리로 귀여운 차별을 하셨다. 그렇게 김이 나는 붕어빵을 호호 불어 먹다 보면 기다리던 드라마가 시작했다. 제목이 〈인어 아가씨〉였던가. 노란 장판 위에 붕어 몇 마리를 두고 우린 친구처럼 몇 날 몇 해를 보냈다.

"할머니 붕어빵 사 왔어." 그랬던 내가 이제 입장이 바뀌어 붕어빵을 사 간다. 이게 새로 나온 슈크림이래. 한번 먹어봐. 이가 성치 않은 할머니를 굳이 일으켜 나는 그때처럼 장판에 붕어를 깔고 이런저런 얘기를 나눈다. 할머니는 말한다.

"할미는 이제 죽을 날밖에 안 남았어." 에? 나는 또 철없이 맞불을 놓는다. 웃기지 말라고. 할머니는 10년은 더살 거라고. 웃는다. 끝이 보인다는 슬픈 표정으로 우린 애써 웃는다.

어렸을 땐 큰 것을 해주는 것이 사랑이라 생각했다. 생일 선물로 최신형 윈도우 컴퓨터를 사주는 것. 계절마다나이키 운동화를 척척 장만해주는 것. 청바지는 키 클 것을 생각하지 않고 딱 맞게 사주고, 작아지면 버리는 것. 그런 게 사랑이라 생각했다.

그래서 밥 해준 것 빼고 할머니가 나한테 해준 게 뭐냐며 그렇게 악을 썼다. 염치도 없지. 작은 것을 매일 해주는 게 실은 가장 큰 사랑인 줄도 모르고 어린 날의 나는 그렇게 울어댔다. "날 사랑하긴 하냐고."

그렇게 20년이 지났다. 나는 붕어빵을 한 입 물고 쑥스럽게 물었다.

"할머니 그때 나 진짜 꼴 뵈기 싫었지?"

할머니는 여러 개의 과거를 떠올리는 듯 뜸 들이다 말했다.

"아니야, 넌 애가 참 착해서 이뻤어."

나 참, 사람을 얼마나 더 미안하게 할 셈인지. 나는 코끝이 시큰해져 괜히 드라마를 보며 더 크게 웃었다.

결국 그날도 사랑한다는 말은 하지 않았다. 나는 그저 겨울이면 붕어빵을, 여름이면 수박을. 봄이고 가을이면 딸기와 감을 들고 할머니의 집으로 또 또 향할 뿐이다. 그게 내가 할 수 있는 전부다. 나는 그저 내가 줄 수 있는 가장 작은 사랑을 가장 자주 주려 한다. 큰 사랑을 모으고 모아 돌려줄 시간은 내게 남지 않았으니까.

그래서 오늘도, 내일도 작디작은 사랑을 지고 할머니의 집으로 찾아가 또 한 번 웃으면서 말하려 한다.

"할머니, 나 왔어." 김이 나는 붕어빵을 들고.

사람의 우아함은
무너졌을 때 드러난다

사람의 진짜 우아함은 무너졌을 때 드러난다고 한다.

 윗사람에게 깨진 날 후배를 대하는 태도나 안 좋은 일
이 넘친 날 웃으며 인사할 줄 아는 여유에서 우린 그 사
람의 깊이를 느낄 수 있다. 그러니까 우아함이란 다시 말
해 이렇게 정의할 수 있을 것이다.

 마음이 두 조각난 날에도 평소처럼 인사하고 웃고 공

들여 사과할 수 있는 태도.

　나에게도 그런 사람이 한 명쯤은 있었다. 6년 전 만난 나의 첫 직장 후배였다. 후배는 나보다 세 살 위의 형이 었다. 말랐지만 뱃심이 단단한 유형으로 어딘가 도인 같 은 매력의 사람이었다.

　후배는 여러모로 배울 점이 많은 인재였다. 첫째로 어 떻게든 일을 만들어오는 능력이 대단했는데 1년 내내 자기 몫을 넘치게 해내 가끔은 선배로서 질투가 날 지경 이었다. 그래서일까. 지금까지도 잊히지 않는 기억은 후 배가 실패한 날이었다.

　그날은 후배가 기획한 전시회가 열리는 날이었다. 회 사 건물의 절반을 홍보 현수막으로 덮을 만큼 회사도 후 배도 크게 기대한 프로젝트였다. 그러나 실패했다. 회사 의 평가가 그랬다. 실제 방문한 손님들은 대체로 감동했 지만 방문객 자체가 적었다. 숫자로 증명할 수 없는 의미는 안타깝게도 회사에겐 중요하지 않았다.

전시회 종료 날, 후배는 조금 일찍 마감한 전시실에 혼자 앉아 깊은 멍을 때렸다. 그걸 보며 생각했다. '드디어 무너지는 건가?' 솔직히 그랬다. 한 번쯤은 드라마 속 선배들처럼 따뜻한 위로를 건네는 멋진 선배가 되고 싶어서 후배가 망하길 바랐다. 최악의 선배였다. 그러나 다음 날 아침 후배는 사과를 두 쪽으로 쪼개며 말했다.

"좋은 아침입니다. :)"

…잘못 들었나? 쪼개져야 하는 건 사과가 아니라 당신 하늘인데… 욱. 순간 내 역겨운 마음이 들킬까 얼른 화장실로 돌진했다. 창피했다.

후배는 그 뒤로도 몇 번의 작은 실패를 했다. 그리고 다음 날 아침이면 또 평소처럼 사과를 두 쪽으로 쪼개고 웃으며 인사하고 똑같이 일을 했다. 내공이라는 게 진짜 존재하긴 하는구나. 후배를 보며 느꼈다.

한때는 이런 생각을 한 적도 있었다. 아니 요즘처럼 내 감정 참는 게 손해인 시대에 저런 고리타분한 태도가 필요하긴 해? 나만 손해잖아. 근데, 필요하더라. 무너진 날조차 우아함을 유지하는 나를 보며 남뿐만 아니라 나 자신도 생각하게 되기 때문이다.

"나는 이런 것에 무너지지 않아." 우아함이란 결국 나를 위한 태도였다.

지금은 서로 연락하지 않는 그 후배에게 배운 것이 참 많았다. 어른스러운 것이 무엇인지, 단단함이란 게 무엇인지 헷갈릴 때면 요즘도 가끔씩 그 후배를 생각한다. 그리고 다짐한다.

마음이 지옥 같은 날, 모든 게 실패한 것 같은 날일수록 보다 공들여 웃고 감사하고 인사하자. 나를 위해서. 내 마음을 지키기 위해서. 그 작은 태도가 어떤 말보다 강력한 신호가 되어줄 테니.

오늘 나는 실패했다. 하지만 그럼에도 불구하고 나는 무너지지 않았다.

나는 오늘 다시 시작한 사람이다.

사람은 혼자일 때가 아니라
함께 있어도 혼자 같을 때 외롭다

아내와 만난 지도 벌써 15년이다.

스무 살 때 처음 만나 서른 살에 결혼을 해 거기서 또 5
년이 지났으니, 남들 입장에서는 이런 소리가 나올 만도
하다. "야, 안 지겹냐?" 정답부터 미리 말하자면,

"응, 안 지겹다."

예쁘다, 귀엽다, 착하다, 통통하다(응?) 아내가 지겹지 않은 이유에는 여러 가지가 있겠지만 가장 중요한 이유는 이거다. 아내와 함께 있으면 즐겁다. '웃기다'와는 결이 다르다. 결과적으로 웃음이 새 나오는 거야 비슷하겠지만 질적인 측면에서 차이가 있는 것이다. '마음의 긴장이 풀리는 것.' 이게 핵심이다.

꼬투리 잡히지 않게 말해야 한다는 부담감도 무던한 사람인 척 행동해야 한다는 책임감도 아내 앞에선 없다. 만약 집이란 게 정말 존재한다면 여기가 내 집이다.

오랜 시간 다양한 가면을 써왔다. '얘기 잘 들어주는 친구' '뭐든 잘 먹고 알아서 잘하는 자식' '가장 늦게까지 남아 있는 직원' 내가 가진 스테디셀러 가면들이다. 그러나 집에만 오면, 아내와 함께 있으면 이 가면도 벗을 수 있다. 내가 나로서 존재해도 된다는 당연함. 나에겐 꽤나 낯선 감정이다. 아내는 '틀리다'는 말도 '다르다'라고 발음할 줄 아는 사람이었기에 나는 힘껏 내가 될 수 있었다.

　어릴 땐 사람이 없는 시간이 외로움이라고 생각했다. 하지만 살다 보니 사람이 진짜 외로워지는 순간은 혼자일 때가 아니라, 함께 있음에도 여전히 혼자 같은 순간이었다. 내가 아니라 누군가가 되어야만 사랑받을 수 있을 때, 사람은 진심으로 외로워졌다. 그러므로 사람에게, 아니 나에게 진정으로 필요했던 것은 옆 사람이 아니었다. 내 사람이었다.

　때때로 불쑥 생각한다. '내가 이렇게 편히 있어도 되는 걸까?' 아무런 노력도 하지 않았는데 행복을 이리 쉽게 누려도 되는 건지, 여전히 헷갈린다. 그런 순간이면 겁먹은 아이처럼 옆을 본다. 내 사람이 있다. 용기가 난다. 나는 이 사람과 함께 지금의 안온함을 가능한 힘껏 늘려보려 한다. 예쁜 옷을 입고 갔던 화려한 파티가 아니라 펑퍼짐한 츄리닝을 입고 함께 하는 이 저녁을, 내일로 모레로 늘리고 싶다.

그래서 5년, 아니 10년 뒤에도 지겹도록 묻는 이들에게 골백번이고 자신 있게 답하고 싶다. "아, 안 지겹다고. 몇 번을 말하냐."

"나, 여전히 좋아."

늙는다는 게 그래,
깨끗하게 닦아도 냄새가 나

할머니는 내가 본 모든 사람 중 가장 깨끗한 사람이다.

　고작 서른다섯짜리 인생이라 그리 많은 사람을 봐왔다고 장담할 순 없지만 그래도 이것 하나는 확신할 수 있다. 나는 하루에 이를 다섯 번씩 닦는 사람을 본 적이 없다. 심지어 그것을 80년 넘게 유지해왔다면 인정해줘도 괜찮지 않을까? 그런 우리 할머니에게서 냄새가 난다.

세월이라는 호르몬은 비누로는 닦아낼 수 없다. 기름기 없이 뽀득뽀득 몸을 닦아내도 몸 안에서 새 나오는 냄새에는 방도가 없다. 절망이란 이토록 일상적이다. 대단한 것에 실패할 때보다 당연한 것을 해내지 못할 때 인간은 더 크게 좌절한다. 그런 인생 앞에서 할머니는 말했다.

"얘, 방향제 좀 사다줘라! 향 쎈 걸로다가."

늙어가는 게 싫다는 생각을 부쩍 자주 한다. 청년이라는 단어의 범주가 점점 넓어지면서 어찌저찌 다리 한쪽은 걸친 채 살아가고 있지만 마음만은 벌써 중년이다. 젊음은 어느새 추억 같고 나도 이제 끝물이라는 말도 심심찮게 입에 담는다.

그런 나에게 할머니가 주는 메시지는 용기다. "나는 아직 끝나지 않았어." 이가 없으면 잇몸으로 산다는 속담처럼 할머니는 늙음에 저항한다. 아, 물론 할머니는 정말로 잇몸밖에 남지 않았다.

　세월을 자연스럽게 받아들인 노인의 삶은 분명 멋지다. 그러나 세월이라는 반격 불가능한 타격에 저항하는 삶 또한 존경스럽다. "어쩔 수 없지" "이런 게 인생인 걸"이라는 자조보다 여전히 눈앞의 문제에 지지 않으려고 노력하는 삶이 어쩌면 가장 큰 젊음일 것이다.

　그게 사실이라면 우리 할머니를 가장 늙은 젊음이라 불러도 어색하지 않을 것이다.

　늙는다는 건 깨끗이 닦아도 냄새가 나는 삶이다. 어제 빤 내 베갯잇에 배인 진한 고린내에 문득 슬퍼지는 삶이다. 그런 삶에 조금은 저항해보고 싶다. 어쩔 수 없다는 말로, 다 그렇게 늙는 거라는 말로 나를 포기하고 싶지 않다.

비누로 안 되면 방향제로라도, 빨래로 안 되면 끓는 물
에 삶아서라도 내 노화를 약간은 늦추고 싶다. 나를 너무
빨리 포기하고 싶지 않다.

젊음이란 포기하지 않는 것이니까.
늙음까지도.

감각에도
휴식이 필요해

'…나 방금 뭐하려고 했지?'

요즘은 까먹는 게 일상이다. 방금 전만 해도 분명 할
게 있었는데… 10초 만에 다 잊었다. 뭐지. 뭘까. 미치겠
다. 분명 중요한 일이었던 것 같은데… 뇌에도 컨트롤 F
기능이 있으면 좋으련만. 결국 5분 전의 상황을 리플레
이하듯 더듬어가지만 이내 다 덮어버리고 외친다. "에
휴, 모르겠다."

초단기 기억상실은 흔한 질병이라고 한다. 아주 먼 옛날의 기억이 아닌 고작 1분 전의 기억을 놓쳐버리는 질병으로 주요 원인은 나이가 아니다. 우리가 매일같이 보고 있는 '스마트폰'이다. 또 스마트폰이냐고 볼멘소리를 할 수도 있겠지만 어쩌겠냐. 진짜로 안 좋은걸.

하루 평균 우리가 스마트폰으로 습득하는 정보의 양은 신문 175부에 해당한다고 한다. 보통 신문 한 부에 포함되는 글자 수가 13만 자니 우리가 매일 뇌 속으로 처넣는 글자의 양은 일 평균 2,300만 자다. 일주일이면 1억 6,000만 자. 한 달이면 7억 자. 1년이면 84억 자다. 머리가 터지지 않은 것이 용하다.

그럼에도 스마트폰을 하는 모든 순간 나는 내가 쉬고 있는 줄 알았다. 눈에 띄게 움직이는 것이라곤 손가락, 그중에서도 엄지와 검지밖에 없었기에 나는 내가 여유를 즐기는 줄 알았지만, 전혀. 내 머리통은 야근 중이었다.

눈알은 스크린에서 튀어나온 빛을 망막에 맺혀 시각화했고 뇌는 그렇게 때려 박힌 정보들을 쉼 없이 해석했다. 부족한 정보는 청각으로 보충했다. 정작 나는 주 5일제만으로도 곤죽이 됐으면서 내 뇌는 365일 휴일도 없이 풀가동시켰다. 악덕도 이런 악덕이 없었다. 잃어버린 것이 고작 초단기 기억뿐이었다는 사실이 참말로 다행이었다.

감각에도 휴식이 필요하다. 스마트폰, 티브이, 노트북, 지하철 플랫폼 소리, 옆 사람 다리 떠는 소리, 유튜브 자막 등등. 나노 초단위로 우리의 눈과 귀와 코와 뇌로 주입되는 정보에서 완벽히 해방되는 시간이 우리의 감각에겐 필요하다. 하루 한 시간만이라도 스마트폰과 컴퓨터로부터 눈과 귀를 차단하고, 너덜너덜해진 오감에게 조용한 시간을 주어야 한다.

그렇지 못한 감각은 모든 노동자가 그렇듯 파업을 하기 때문이다. 뇌는 쇠파이프를 두들기며 두통을 만들 것이고 귀는 밤새도록 이명을 노래처럼 부를 것이다. 초단기 기억상실은 단지 시작일 뿐이다.

그런 이유로 요즘은 매일 저녁 30분씩 스마트폰 없는 산책을 한다. 스마트워치도 풀어놓고 이어폰도 없이 운동화만 신고 새소리, 귀뚜라미 소리만 남은 공원을 걷는다. '혹시 중요한 연락이 오지는 않았을까?' 돌아오자마자 스마트폰을 켜보지만 개뿔. 그 흔한 스팸 문자 한 통도 오지 않았다. 세상은 나 없이도 잘만 돌아간다.

그런데 만약 그렇다면 나도 이 세상에 신경 좀 덜 쓰고 살아도 괜찮을 것이다. 나 하나 30분쯤, 아니 통 크게 써서 한 여섯 시간쯤 세상에 등지고 살아도 이 세계에 문제 따윈 생기지 않는다. 그리고 바로 그 시간 내 감각은 비로소 느낀다. "이제 좀 살 만하네."

잃지 않고 싶은 기억과 추억이 많아질수록 우린 보다 고요해져야 한다. 감각의 셔터를 내리고 조용히 더 조용히 스스로에게 정적을 제공해야 한다. 깨끗한 밤에만 활동하는 반딧불이처럼 그제야 감각은 스트레칭을 하고 차 한 잔을 즐길 테니까.

감각은 정지가 아니라 정적을 좋아하니까.

나이가 들면 꿈보다
취미가 없는 게 더 슬프다

올해로 아흔일곱이 된 우리 할머니의 최대 고민은 하나다. 바로 시간은 많은데 할 게 없다는 것.

여행을 가자니 무릎이 시리고 음악을 듣자니 귀가 먹었고. 책을 읽자니 머리가 애리다. 결국 매일같이 재방을 하는 〈전원일기〉를 보시며 할머니는 당부하셨다. 자신처럼 살지 말라고. 구십하고도 일곱 인생에 자랑할 취미하나 없다니. 서글픈 인생이라 하셨다.

"하기사 너는 그럴 나이가 아니지."라고 할머니는 말씀하셨지만, 미안해요… 할머니. 실은… 나도 이미 할 게 없어.

취미가 사라진 것은 아마도 8년 전쯤의 일일 것이다. 때는 바야흐로 2015년, 당시 까마득한 취준생이었던 나는 매일같이 자소서를 쓰다 한 가지 무서운 사실을 깨달았다. 바로 '취미도 스펙이 되어가고 있다'는 것. 토익, 토스, 학점, 학벌, 대외활동, 해외연수, 인턴 등. 모두가 평준화된 세상에서 기업은 변별력을 발견할 곳을 잃어갔고 결국 해서는 안 되는 질문을 하기 시작했다.

'지원자는 일하지 않는 시간에 무엇을 하는가.'

"네? 저 침대에 누워서 무도 보는데요?"라고 쓸 수는 없는 노릇 아닌가. 그날 내 취미는 부끄러움에 갈 곳을 잃어버렸다. 다행인 건 그로부터 5년이 지나 내게도 자랑스러운 취미가 하나둘 생겼다는 것이다. "저는 제 SNS 계정을 운영합니다." "좋아하는 작가의 전시회를 보고 한 달에 세 권쯤은 책을 꼭 읽어요."

듬직했다. 이쯤이면 자소서에도, 사람들 앞에서도 과 감히 전시할 수 있을 것 같았다. 그러나 어딘가 공허했 다. 아주 정교하게 만들어진 로봇의 체온처럼 그 안에는 진심이 없었다. 그건 의미는 있지만, 재미는 없는 취미들 이었다.

그런데 의미와 재미, 둘 다 잡을 수 있는 취미가 과연 존재는 할 수 있을까? 모르겠다. 그저 취미에까지 의미 를 요구하는 시대에 꼬라지 한 번 부리고 싶었을 뿐이 다. 재미를 넘어 의미가 필요하며 내가 아닌 남의 마음까 지 설득시켜야 하는 취미. 불가능했다. 내 주머니엔 나름 쓸모 있는 취미와 끝내주게 한심한 취미, 딱 둘밖에 없었 다. 어디로 손을 넣어야 하나 고민하고 있는데 할머니가 물었다.

"그러는 넌 취미가 뭐냐." "나?" 당황한 나는 어느 한 쪽도 선택할 틈도 없이 고약한 입을 먼저 놀렸다.

"나는 할머니랑 이렇게 티브이 보면서 노는 거지."

발군의 순발력이었다. 그간 직장생활을 허투루 한 것은 아니었나 보군. 뿌듯해하는 나를 보며 할머니는 혀를 찼다. "얼씨구, 그짓말도 참." 쯧쯧. 할머니는 연신 혀를 차며 슬그머니 냉장고로 향했다. 그리고 그 안에서 소고기를 꺼내주셨다. "굽는 건 네가 해라."

…그래서 내 취미가 뭐냐고요?

"제 취미는 할머니와의 대화입니다. 저는 일주일에 한 번 할머니 댁에 가서 인생에 대한 이야기를 나눠요."

이거… 어쩌면 나,

면접관과 나, 모두를 만족시킬 수 있는 취미를 찾은 것
일지도.

나의 생산적인
외로움

혼자 있는 시간이 부쩍 늘었다.

혼자 밥을 먹는 것도 어느새 어색하지 않고 편하다. 때
때로 혼자 영화를 보고 홀로 여행을 떠나 혼술도 한다.
"혼자세요?" 그러다 불쑥 마주하는 점원의 의례적인 질
문에 학습된 부끄러움이 튀어나오기도 하지만, 그렇다
고 필요 없는 관계가 그리워지진 않는다. 나는 이 외로움
이 퍽 만족스럽다.

사람이 싫어진 건 아니다. 오히려 사람이 더 좋아졌달까. 맞지 않는 관계에서 멀어지니 좋은 사람들이 더 많이 남게 됐다. 거기다 만남의 횟수까지 획기적으로 줄이니 만날 때마다 애틋해지는 것은 덤이다.

　　어렵게 상봉한 이산가족을 보며 '넌 도대체 뭐 해 먹고 살려고 그러니'라는 잔소리를 할 수 없듯, 함께하는 자리를 오롯이 즐기는 것만으로도 시간이 부족하다. 웃긴 일이다. 사람에게서 멀어지니 사람과 가까워졌다. 나와 내 사람들이다.

　　나는 내가 숲을 좋아한다는 걸 얼마 전에 알았다. 불알친구 다섯이서 렌터카 하나 빌려 동해로 쏘는 것만이 진짜 여행이라 여겨왔는데, 숲은 참 묘했다. 적적해서 오히려 회복이 된달까. 박장대소도 오래 하면 배에 쥐가 나듯 친구들과의 여행은 도파민이 가득했지만 반드시 그것만큼의 피로를 돌려줬다. 그런데 숲은 아니었다. 조용해서 비워낼 수가 있었다. 나는 혼자가 되고 나서야 내가 어떤 여행을 원했는지 알게 되었다.

　짜릿함만큼이나 편안함이 좋다. 록페스티벌보단 재즈
페스티벌과 궁합이 잘 맞고, 인파로 넘치는 명소보단 아
무도 모르는 변두리가 더 오래 기억에 남는다. 이런 내
모습을 30 하고도 5년이 지나 발견했다. 남에 대해선 그
토록 빠삭했으면서. 창피한 일이다. 나는 나에게만은 좋
은 친구가 아니었다.

　그래서 최근엔 의도적으로 혼자가 된다. 의미 없는 술
자리에서 분위기를 띄우려다 가족에게 써야 할 에너지
까지 낭비하지는 않는다. 지인들의 때 묵은 감정 배설은
정중히 사양할 줄도 알게 되었다. 거기다 한 달 중 며칠
은 나와의 대화를 갖기 위해 공실로 비워둔다. 외롭지만
생산적이다. 맞다. 생산적인 외로움이다.

　뭐 그러다 가끔 놀랄 만큼 휑해진 일상에 겁을 먹고 무

엇이든 채워볼까 고민도 하지만, 그전에 스스로에게 꼭 묻는다. 배터리가 얼마나 남았지? 나에게 쓸 용량 30%. 아내에게 쓸 용량 30%. 가족에게 20%. 그리고 남은 20%, 아니 혹시 모르니 10%의 용량만큼만 관계를 채운다. 감당할 수 없는 관계를 우걱우걱 삼키다 또 체하지 않도록. 깜지처럼 빽빽히 관계를 채우다 마음이 또 까매지지 않도록.

　오늘도 나는 최대한 현명하게 외로워지려 한다.

가끔은 내일보다
오늘 더 잘 살고 싶다

아내와 만난 지 15주년이 되던 날 아내에게 말했다. "제발 철 좀 들자 우리!"

  오래된 기념일을 앞두고 아내는 간만에 외식을 하길 원했고 나는 바로 어제 먹고 싶은 것을 시켜 먹지 않았느냐며 쏘아댔다. 아내는 풀이 죽었다. 여린 잡초만큼 작아져서 자신이 미안하다고 말했다. 나는 그 사과를 받지도 못했다. 내가 너무 못나서. 왜 나 같은 놈이랑 살아서라는 생각에 내일은 차라리 눈이 안 떠지길 바랐다.

최근엔 정말이지 나갈 돈이 많았다. 아내의 병원비로 사주지 못한 명품백 값이 나갔다. 거기다 부모님의 생신, 어버이날, 누나의 생일, 미뤄둔 집수리까지. 덜 큰 월급으로는 도저히 충당이 안 돼 고이고이 진공 포장해놓은 쌈짓돈을 깨부숴 먹었다. 그런데 시작이 어렵지. 풀어헤친 포장 새로 돈은 끝도 없이 녹아내렸다. 잠자기가 힘들었다.

'아내와의 노후를 위해 필요한 돈은 얼마일까.' '부모님이 은퇴하시면 용돈을 주기적으로 드려야 할 텐데 얼마가 적당하지.' '아이가 생기면 무엇부터 물려주어야 하나.' 미래에 대한 걱정이 본격적으로 끼어든 것도 모두 다 그때부터였다.

나는 오늘이 아니라 내일이 너무 걱정됐다. 오늘 잘 살았냐는 배부른 소리는 구겨서 저 멀리 버렸고, 내일도 살아남을 수 있을까에 대한 불안만을 머릿속에 꽉꽉 채웠다. 꼭 생존밖에 없는 유기견처럼 경계심이 강해졌다.

그래서 화를 냈다. 그것도 자주 냈다. 틈만 나면 절약을 요구하고 생필품도 다 사치처럼 보였다. 나도 이러는 내가 지지리도 싫었다. 너무 처량해서 보기 역했다. 그러나 오늘로 다시 되돌아오는 방법을 나는 배우지 못했다. 누가 좀 알려주길 절박하게 바랐는데 너무 커버린 내게 삶은 아무것도 알려주지 않았다. 나는 스스로 살아내야 했다.

티브이 속 남편들처럼 다정하고 싶었다. 낭비하진 않지만 가족들이 원하는 것만큼은 통 크게 장만해줄 수 있는 멋진 가장이 되고 싶었다. 하지만 쉽지 않았다. 나는 너무 어리석고 작아 아내의 마음에 가끔씩 골을 넣기도 했지만 이내 또 자살골을 넣기 바빴다. 다정함도 능력이라는데. 내가 할 수 있는 것은 기껏해야 몇 가지 남루한 노력밖에 없었다.

　　그래서 오늘은 꽃 한 송이를 사 가야겠다. 꽃다발은 못 해도 꽃 한 송이는 사 가야겠다. 가격표는 보지 않고 마음에 여유를 갖고 오늘만큼은 내일을 잊어봐야겠다. 15주년이니까. 미래의 내가 또 얼마나 못난 놈이 되어 있을지는 감히 상상도 할 수 없지만 오늘은 꽃 한 송이를 사 가야겠다.

　　미안하다는 말과 함께.

현명한 사람은
함부로 불행해지지 않는다

현명한 사람일수록 함부로 불행해지지 않는다.

"월 300이면 생활이 쪼들리지 않아?" "애 키우기에는 조금 작은 집이네." "대출이 중요하냐. 무조건 서울로 가야지." 내 연약한 마음을 대차게 흔들어놓는 남들 얘기에 하나하나 반응하지 않고, 과감하게 일축한다.

"내 일은 내가 알아서 할게." 쉽게 링 위로 올라가주지 않는 것이다.

그래서 현명함이란 의외로 행복의 양을 늘리는 것보다 불행의 양을 줄이는 데 더 많이 쓰인다. 일단 한번 불행으로 물든 마음은 어떤 행복으로도 쉽게 퇴치되지 않기 때문이다. 월급날이어도 승진을 해도. 아니 원하는 모든 목표를 다 이뤄내도 가족이 아프면 절대 행복해질 수 없듯. 불행은 행복에 비해 너무 강하고, 구체적이다. 행복이 상상이라면 불행은 일상인 것이다. 어른이 될수록 불행에 대한 수비력이 더 중요해지는 이유다.

그런데 솔직히 말이 쉽지. 내 방까지 따라와 스마트폰으로 불행 노래를 부르는 세상에서 나만 똑똑해지는 게 어디 쉬운 일인가. 사람 세 명만 있어도 없는 호랑이도 만든다는데. 나 하나 불행하게 만드는 것쯤은 세상에게 일도 아니다.

해서 나는 어쩔 수 없이 주기적으로 스마트폰에게서 달아난다. 경황없이 불행이 찾아올 때마다 부리나케 스마트폰을 끄고, 방문을 닫고 공책을 펴서 석석 적는다.

'내 인생이 진짜로 그렇게 불행해?' 30분이고 한 시간이고, 아니 몇 날 며칠이고 홀로 답을 적는다. 그러다 보면 대체로 답이 간단해진다.

내 인생은 생각만큼 불행하지 않고, 생각보다 행복하다.

나는 불행해서 불행한 것이 아니라 불행하다고 하니 불행했기 때문이다. 부족했던 건 행복의 양이 아니라 일종의 기준점이었다. 그래서 요즘은 불행이 발견되면 일단 연필로 기준점을 긋는다. 거기서 통과하지 못한 것들은 절대 불행으로 등록해주지 않는다. 이게 내가 불행을 수비하는 방식이다.

사람이란 의외로 행복 없이도 행복할 수 있다. 불행하지 않은 것만으로도 우린 행복감을 느낄 수 있고 충분한 만족감도 얻을 수 있다. 그래서일까. 이제 와 누군가 내게 행복이 뭐냐 묻는다면 이렇게 답하고 싶다.

"불행이 없는 상태."

행복이란 짜릿함만 있는 것이 아니기에. 편안함과 안도감. 안정감과 잔잔함. 깊은 밤 고민 없이 잠들 수 있는 감사함 또한 우린 행복이라 이름 붙일 수 있기에.

그러니 부쩍 불행하다는 기분이 자주 든다면, 나만 뒤처진 것 같다는 생각에 괴로워질 때가 많다면. 조용한 곳으로 들어가 스스로에게 한 번만 물어보자.

"내가 정말로 그렇게 불행해?"

세상이 주는 답에 잠시만 가위표로 반창고를 붙여보자.

행복이란 귀를 열 때보다

귀를 닫을 때 오히려 더 잘 찾아오니까.

우린 너무 쓸데없이 불행하고
너무 복잡하게 행복하다

불행은 계절 같은 것이라 생각했다.

시간이 지나면 달라지는 계절처럼 불행도 견디고 견디다 보면 사라질 거라고 굳게 믿었다. 그런데 아니었다. 봄에서 여름으로, 여름에서 가을로, 가을에서 겨울로, 겨울에서 다시 봄으로. 불행은 이름만 바꿔갈 뿐 지치지도 않고 내 옆을 꼭 지켰다.

더위가 사라지면 안구 건조증이 찾아왔다. 안구 건조

증이 잦아들면 콧등을 베는 추위가 마중했다. 추위마저 누그러지면 미세먼지가 시작됐다. 오랜 시간 불행을 마주하며 내가 알게 된 사실이란 결국 그런 것이었다.

불행이란 기다린다고 사라지는 것이 아니라는 것.
필사적으로 도망치고 막아내야 하는 것이라는 것.

물론 위인들의 말처럼 추위도 이겨낼 만큼 튼튼한 마음을 가질 수 있다면야 좋겠지만, 그게 어디 쉬운 일인가. 어떤 비교에도 흔들리지 않는 거대한 마음을 키우는 건 또 어떻고. 그런 대단한 일을 이뤄내기 전에 아마도 나는 늙어 죽을 것이다. '인생은 불행한 거야'라는 슬픈 체념을 부정하지 못한 채.

그럴 바에 차라리 옷을 더 단단히 입고 집 안의 보일러를 낭낭하게 트는 쪽을 선택한 것이다. 어떤 비교에도 흔들리는 좀생이 같은 내 마음을 너무 잘 알기에, 나를 작게 만드는 모든 것들에서 멀어지는 쪽을 선택했다. 이 책에 나온 모든 이야기들은 그런 목적에서 쓰였다.

불행을 이겨내기 위함이 아닌, 쓸데없는 불행은 거부하기 위해.
이른바 불행에 대한 수비력을 기르기 위해서.

이제 그 이야기도 여기서 끝이다. 이 조촐한 끝에서 나는 마지막으로 당신에게 바란다. 당신이 행복하기에 앞서 쉽게 불행해지지 않는 사람이 되었으면 좋겠다. 즐겁기 이전에 별 탈 없는 삶을 이어가길 바란다. 매일같이 찾아오는 여름철 모기마저 수행이라 버텨내는 사람이 아니라, 꼼꼼히 방충망을 치고 모기향을 켠 뒤 잔잔한 밤을 보낼 줄 아는 현명한 사람이 되길 바란다.
이 책이 당신에게 그런 마음을 전해주었길 진심으로 바라며 이만 이야기를 마치겠다.